飛小說。
We Love
Easyfly.

少女騎士の深海人魚輓歌

夏憐歌

薔薇帝國學院的儲君之一——彼方・蘭薩特座下的騎士。
意志跟適應力都如雜草般強韌。怕麻煩，不喜歡暴露於人前，
可是一旦碰到在意的事情就會不由自主的追根究柢。
在不明就裡當上蘭薩特的騎士之後・總是與他作對。
兄控，一談到哥哥夏招夜，辨別能力會迅速下降。吐槽役。

彼方・蘭薩特

薔薇帝國學院的儲君之一，蘭薩特家族的獨子。

超出人類極限的自戀，有事沒事就會炫耀一下自己的美貌。傲嬌。相當喜歡捉弄夏憐歌。

跟十秋朔月是青梅竹馬，對他很好。

天光

蘭薩特家族傳承下來的寶石「波塞冬」的靈，曾遺失於海裡，後被找回。

被蘭薩特贈與夏憐歌。

因想念海裡的人魚，以人類形態出現後，一直在暗示夏憐歌「回去海裡」。

The Bystanders and the Ambassador from Deep Sea.

Episode Four

旁觀者與深海的詣見

The Bystanders and the Ambassador from Deep Sea.

楔子
A Preamble
+011+

《1》 夢魘+邀請函+遺失的寶石+
The Lost Colored Gemstone.
+015+

《2》 南港+天之光+結婚周年禮+
The Presidents of wedding anniversary.
+047+

《3》 人魚+水族館+騎士資格賽+
The Qualifying Round to Be a Knight.
+131+

《4》 疑團+薔薇釦+記憶的回音+
The Echo of Memory.
+173+

《5》 骸骨+人魚港+深海的輓歌+
The Dirge from Deep Sea.
+221+

The Bystanders and the Ambassador from Deep Sea.

Episode Four

旁觀者與深海的詣見

00

楔子

A Preamble

靠近歐洲大陸西北部海岸，隔著北海、多佛爾海峽和英吉利海峽，與歐洲大陸相望的島國，被稱為新英倫，建立在主要領土外海、但仍屬於新英倫領土的群島——奧克尼群島上的貴族都市是全球最大的學院，被稱為「新英倫上的亞特蘭提斯」。

它的建校歷史已經長達一百零七年，一直以來只接受貴族或者擁有優良基因的混血兒在此定居。不過，近年來也開始批准業績卓越的普通人——如技術高端的科技人員或經濟實力強大的企業家申請移民，以及允許擁有成為此等優秀人才潛力的普通學生入讀。其學院規模之龐大與優越的科技設施可媲美一個首級大城市，並且有自己完善的經濟體系，因此這所學院也被稱為The Empire of Rose。

這就是有幸通過高難度入學考試的我將要入讀的超級貴族學校——薔薇帝國學院。

01 夢魘・邀請函・遺失的寶石

「所以呢？妳告訴我這種滑稽可笑的夢是想幹什麼？」聽完夏憐歌闡述的夢境，蘭薩特翹起脣角，嗤笑道：「妳電影看多了，潛意識開始覺得自己是救世主吧？我有專門的家族心理醫生可以請他幫妳看看。」

「……看見你這種劣根性集合體的存在，我對你家族心理醫生的專業程度持保留意見。」

The Lost Colored Gemstone.

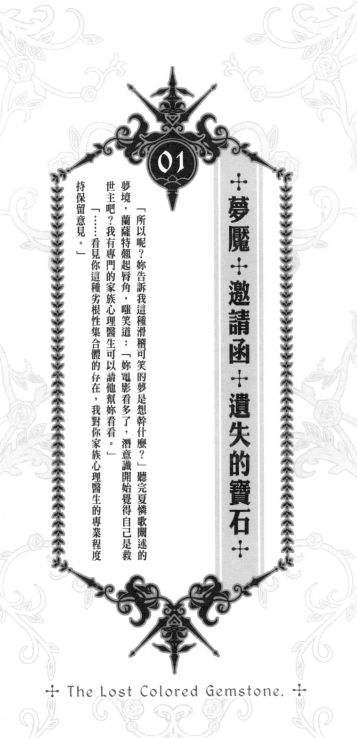

有人在一整片深不見底的黑暗裡說話。

像是會發光的透明水母緩慢游弋過耳旁，把柔軟的觸鬚附在敏感的耳郭上，那樣子冰冷而帶著些微不適的感覺。

伸手所觸及之處是一個潮濕密實的空間，將自己緊緊的固定起來，無法動彈。

——我一直待在這樣子的黑暗裡，也不覺得這種顏色有什麼好。

是在跟她說話嗎？

夏憐歌張開口想回答，卻驀然被滿滿灌入一口鹹澀而嗆人的液體。

那人還在繼續說著。

——可是我又只有這片黑暗而已。

——你到底是什麼時候來到這裡的呢？

——可以一直待在這裡陪我嗎？

——……吶，你看起來，好寂寞的樣子。

好寂寞的樣子。

淅淅瀝瀝的流水聲逐漸滲入耳裡，彷彿冬日裡一群奔赴死亡的蝗蟲，牠們抱著木吉他在耳旁演奏惶惶不安的祭歌，聲音越來越大越來越大，到了最後，腦海裡就只剩下有如飛機掠過之後那令人難以忍受的巨大轟鳴。

「撲通。」

最後一聲物體墜入水中的聲音，讓夏憐歌猛地坐起身來。她大口大口的喘著粗氣，額頭上冷汗潸潸，鋪天蓋地的黑暗如同一張大網般將她團團圍住。那一瞬間，夏憐歌差點以為自己還沉溺在那駭然的夢境裡醒不過來。

定了好一會兒神，適應了黑暗的眼睛漸漸看出了房間裡各個擺設的輪廓，夏憐歌這才安下心來，身子一軟，整個人又往床上倒了下去。

懸在上方的天花板好似一朵幾欲坍塌的黑雲，夏憐歌就這樣在黑夜裡睜著眼睛定定的看著它。夢境中那個女聲彷彿又在耳畔響了起來，伴隨著並不存在的水流聲，惹得她焦躁的將腦袋埋在柔軟的枕頭下。

怎麼回事呢，為什麼老是做這種夢？

妳是誰？到底想要對我訴說些什麼？

到底……在說誰看起來很寂寞呢？

◇　◇　◇

夏憐歌無所事事的拿著畫板坐在岸邊發呆。

初夏的天空藍得有些晃眼，她半瞇起雙眸，看著在陽光照耀下泛起些微金色的海面，拿著水彩筆的手隨意的畫板上劃動幾下，盯得累了，便乾脆停住動作，開始去數天上飄動的白雲數量。

鹹澀的海風將她的髮絲撩了起來，夏憐歌不自覺的晃了晃赤裸的雙腿。海水隨著海鷗高昂的鳴叫漫過她纖細的腳踝，冰涼的觸感讓她舒服得忍不住輕嘆出聲。夏憐歌一下子放鬆了全身的力氣，連腦袋也被這片明亮的藍色漂得空蕩蕩的。

真是一個愜意的好天氣啊……

這種時候，要是再有一個雲一樣軟綿綿的枕頭，然後美美的睡上一覺，就更好了。

夏憐歌正一邊傻笑一邊神遊太虛，差點就如入定的僧人般坐著睡著，卻驟然被當頭潑來的冰冷海水拉回了神。

「嗚哇！」

她瞬間像隻滑稽的青蛙一樣用屁股往後彈了幾步，站在她旁邊的是兩個身材火辣的女生，穿著一身非常惹眼的比基尼，正一邊發出嬌俏的笑聲，一邊以非常勇猛的姿勢打水仗，在聽到夏憐歌的慘叫時才轉過頭來，看見她此時狼狽的模樣，一個敲了敲腦袋，一個吐了吐舌頭，道了幾聲歉後又嘻嘻哈哈的轉移了陣地。

頭髮上還沾著一根水草的夏憐歌，面無表情的看著她們搖來晃去的背影，穿著T恤短褲（沒胸沒臀）的她不懂比基尼的浪漫，只能惡狠狠的在心裡吐槽著：不要用這種著裝來讓人產生炎炎盛夏已經到了的錯覺啦！這對剛剛過去不久的春天超沒禮貌好嗎！是說明明只是來參加美術課的校外實習而已，妳們穿這種三點式究竟是想怎樣！胸大了不起嗎——

等等，校外實習！？

終於想起重點的夏憐歌慌亂的把目光投向手中的畫板，在看到那張被水糊濕了的水彩畫時，終於忍不住在這碧如大海的藍天之下發出了第二聲慘叫。

學院裡的各個課程，每學年都會舉辦一次校外實習，學生們可以自行選擇是否參加，不過參加了會有相應的學分獎勵。

成績低到谷底的夏憐歌自然是衝著那獎勵去的，可她既不想背著大堆工具跑到荒漠裡探險考古，也沒能力以模擬經營之名直接把家裡公司的總部搬來這裡，找來找去也只有美術課的實習格外親民——只要在老師的帶領下到南港這邊來寫生，之後把成果交上去就行了。於是即便夏憐歌沒有絲毫的藝術造詣，在看到如此簡單的條件時也立即興高采烈的把名字報了上去。

南港其實是位於學院南面的「直海區」的別稱，是私人郵輪停泊的碼頭以及海灘度假勝地，所以與其說是來校外實習，還不如說是跑這邊來享受時光的。只是夏憐歌現在已經沒心情再想這些有的沒的了，她眼神死的看著面前被水浸亂了顏色的水彩畫，正在艱難的思考還有沒有辦法搶救。

目睹了整個過程的莫西從身後拍了拍她的肩膀：「幹嘛這麼憂鬱呢，反正妳的畫沒被水淋之前也是這幅模樣，沒差嘛。」

夏憐歌幽幽的回過頭去。只見莫西穿著沙灘褲戴著太陽眼鏡，左手上還拿了一個非常詭異的粉紅兔子狀的泳圈，正咬著乳橙色的冰棒，一臉爽朗的看著她。嗯，不用說也知道那是哈密瓜口味的。

那捷爾仍舊一動不動的攀在美少年輔導員的肩膀上，俯瞰她的眼神充滿了蔑視。

跟牠對峙了兩秒之後，夏憐歌決定無視冷血爬蟲類的鄙夷，又轉頭望向那幅亂七八糟的畫作，一臉三魂不見了七魄的樣子，慢悠悠的問道：「莫西你又不是美術老師……為什麼會來這裡啦。」

「好不容易才擠出一點空閒，當然要好好放鬆一下啊。」莫西向前踏出一步與她齊平，左手叉腰，右手舉起橫在額上注視著遠方。「沒有大海的夏天可不算是真正的夏天！」

「……可是現在還沒到盛夏哦，你全副武裝得是不是太早了一點？」就跟那些穿著比基尼的女生一樣。

夏憐歌瞥了他一眼，頓了幾秒又隨口說了一句：「而且你這傢伙看起來根本就是隻旱鴨子吧？」

「啊？誰說的？」莫西把太陽眼鏡推到額頭上。

「……你手上不還拿著一個泳圈嗎？」

「欸……這個是剛才學生送給我的。」莫西拿起手上的游泳圈翻轉著看了看。「說什麼『老師果然還是適合粉嫩嫩的兔子啊』，然後就一把塞了過來。不過可以的話，我還是想要那捷爾形狀的啦，兔子一點都不可愛。」

……你對可愛這個詞的定義是不是哪裡不大對？

夏憐歌輕輕的嘆了口氣，果然跟這種沒自覺的人生贏家說話，偶爾也是會感到疲倦的。想到這裡，她又低頭去看手上的畫，打算再隨便糊上幾筆就直接把它當成抽象畫交上去，反正也像莫西說的那樣，浸水和沒浸水之前區別不大……

就在這時，後面突然傳來了吵吵雜雜、帶著些微訝異的聲音——

「欸欸，你看，那是什麼？」

「不妙啊……看起來好像要漲潮的樣子？」

「笨蛋！現在不是漲潮的時間啦！」

夏憐歌回過頭，才發現身後不遠的地方不知何時聚起了一堆看熱鬧的人，立在身旁的莫西也驟然換上一副驚訝的語氣：「嗚啊……看起來好壯觀的樣子。」

聞言，夏憐歌隨著他們的目光往前望去，卻被眼前的景象震呆了。

在遙遠的海平面上出現了一條轟隆作響的「白線」，就好像有看不見的巨人在後方竭力推動著整片大海。原本湛藍澄澈的海水彷彿變成了凶殘的猛獸，伴隨著越發震耳的聲響，一波又一波的朝岸邊逐漸逼近。

原本還在享受海水撫摸的夏憐歌趕緊站起身來，那些聚成一團的人此時也發覺到不對勁開始往後退。本來晴朗的蒼穹像是被人潑上了汙水，變成霧濛濛的一片，席捲而來的海浪宛如要輾盡一切的巨大車輪，彷彿下一秒就要將這個世界全部吞噬殆盡。

然而這時，人群中又發出了愕然的驚叫：「等、等等……海浪裡是不是有什麼東西？」

夏憐歌定睛一看，發現在那不斷翻滾的「白線」上，似乎陸陸續續的躍出了幾道影子。

「是海豚吧？」

「你見過什麼海豚可以在這麼凶猛的浪潮裡跳躍自如的嗎？」

「切，你別小看以水為生的動物啊。不過話說回來，仔細看我又覺得有點像人……」

「人就更不可能啦！」

「唔，但是……欸！牠們逃回海裡去了！」

或許是注意到他人的目光，那群看不清模樣的不明生物紛紛一個俯身潛入水底，來不及捕捉牠們的動作的夏憐歌，只能看見綴滿了鱗片的尾部在海面上濺起數朵浪花。

那洶湧而來的海潮此刻居然開始偃旗息鼓，震天價響的浪濤聲隨著那緩慢縮小的「白線」止了下去，大海正在恢復以往平靜溫柔的模樣。

……簡直就像剛剛的騷動是那群奇怪生物帶來的一樣。

人群又開始為眼前的奇異景象吵嚷起來。一旁的莫西突然感到一陣反胃，腦袋像是被灌了水泥般越發沉重。他摀著頭，有些不悅的啐了一聲：「又是預知嗎……」

但眼前卻並沒有意料中那樣閃現各式各樣的畫面，莫西難受的瞇起了雙眸，稍微穩住步伐。見狀的夏憐歌有些擔憂的問道：「莫西你的臉色很不好哦，因為穿太少感冒了嗎？」

「不……我只是……」莫西硬是壓下身體的不適感，睜開眼睛看向夏憐歌的時候，剛剛擠出來的微笑霎時又消失了。「夏憐歌！妳在幹什麼！」

「啊？我沒幹什麼啊？」夏憐歌不明所以，等到反應過來時才發現，自己的身體竟然不知為何正往海裡傾倒下去！

「等等！妳別想不開啊！」莫西慌亂的朝她伸出手，腦袋的暈眩感卻讓他腳下一個踉蹌，沒能及時將她拉住。

「不是啊！身體、身體……有人在拉我！」夏憐歌焦急的大喊。

但與其說有無形的人正將她拉往海裡，倒不如說是她的軀體被人控制住了——夏憐歌竭盡全力的想要將自己拉回岸上，可是四肢卻絲毫不聽從她的命令，撲通一聲，整個人摔倒進了水裡，嗆得她滿滿一口鹹澀的海水。

所幸現在仍在淺灘，夏憐歌撲騰著雙手浮出海面，大口大口的喘息著。還沒呼吸夠新鮮的空氣，下一秒身體又開始往深海處沉了下去！

「喂、喂……救命！救……」話還沒說完，她整個人又再次被淹入冰冷的海水裡。

視野變成一片搖曳出波紋的蒼藍色，咕嚕咕嚕的緩慢水聲宛如魔女低低的咒語，岸上雜亂的喧囂聲透過層層海浪湧了過來，聽起來彷彿來自另外一個世界。

夏憐歌覺得自己再也掙扎不了了，困倦感有如鎖鏈般將她的軀殼團團綑住，她差點就認命的閉上雙眼。就在這時，夏憐歌突然看到一個閃著冷光的幽藍色光點從她的衣袋裡掉了出來，翻滾著朝深深的、深深的海底墜落下去。

她一愣，還沒看清楚那究竟是什麼東西，便感覺身體一輕，四肢的掌控權終於回到了自己身上。她激動的擺動著雙腿，像是一尾渴望陽光的魚一般猛地衝出了海面！久違的空氣紛紛隨著急促的呼吸灌入肺中，剎那間夏憐歌忽然感覺到這個世界是多麼美好。

那邊下了水找人的莫西和幾個男生一見到她從水裡躍了出來，立刻就拉著她往岸上拖。

莫西看著還在咳嗽的夏憐歌，有些氣急敗壞的喊道：「妳在搞什麼啊夏憐歌！潮才剛退下去呢，妳想游泳也別選在這種時候啊！」

「咳、咳唔……所以都說了不是我……」渾身濕漉漉的夏憐歌還沒緩過氣來，跪倒在沙灘上一個勁的捶著胸口。

「啊……不過算了……」見她這副樣子，莫西的口氣一下子軟了，也跟著半跪下來撫了撫她的後背。「人沒事就好。」

尾音剛落，終於放下心的莫西倏地像被扯掉線的木偶般，整個人往淺灘上癱軟了下去。這回換還未平復心情的夏憐歌嚇了一跳，她條件反射的上前搖了搖莫西的手臂：「喂！喂莫西，你沒事吧？」

莫西的雙眉輕輕的蹙起，臉色蒼白，一副非常痛苦的模樣。

「果然是感冒了嗎……」夏憐歌猶疑的嘟囔了聲，伸出手正欲往他額上探過去，結果卻立刻被旁邊那群早就虎視眈眈的傢伙擠了開去。

原本只是聚在夏憐歌身邊、像是觀賞動物園裡的猩猩般圍觀她的人們，此時有如一群覓到食物的螞蟻般，往暈倒在地的莫西籠罩了過去，無論男女都用著又是擔憂又是興奮（？）的語氣喊叫著：「嗚哇哇莫西老師！穿著泳裝的莫西老師昏倒啦！」

「這可怎麼辦呢！要讓穿著泳裝的莫西老師醒過來，果然也只有吻而已吧！啾——」

「莫西老師實在是太沒有危機感啦！怎麼可以穿著泳裝睡在這種地方呢！遇到了壞人可怎麼辦呀！」

……所以說你們為什麼一直要糾結在「穿著泳裝」這件事情上啊？而且最危險的除了你們這群一副要吃人的傢伙之外，就沒有別人了好嗎！

夏憐歌的嘴角不易察覺的抽了抽，她將濕透的頭髮擰乾，又深深的吸了一口氣，忽然像一頭爆發的小獸般衝上去將那群糾成一團的人推開。

「快去聯繫救護人員啦！你們這樣圍著只會讓莫西更難受而已啊！」

夏憐歌橫眉豎目的瞪著眼前的人群，原本還吵吵鬧鬧的傢伙逐漸安靜了下來。或許是懼於她是儲君的騎士這個身分，有些人嘀咕了幾聲「切，跩什麼啊」便退了開去，但更多的人仍舊站在原地一臉依依不捨的樣子。

夏憐歌的額角微微暴起了青筋，乾脆將莫西的手臂一抬放到自己的肩膀上，扶著昏迷的他在一群人敵視的目光裡朝休息地走去。

既然是度假村，各種豪華的設施鐵定必不可少，夏憐歌隨意找了最近一家飯店，出示騎士的專用校徽後，便在侍者狐疑的表情裡將莫西帶到房間裡安置好，接著又打電話通知了殿騎士聯盟和學院內的醫生。

躺在床上的莫西似乎開始發起了低燒。

這傢伙，怎麼看也不是那種會隨便病倒的人啊，怎麼這次卻……

這樣困惑的想著，夏憐歌又把剛才發生的事情重新回憶了一遍。

突如其來的漲潮和那些行為怪異的不明生物，究竟是怎麼一回事啊？牠們的出現，是否在預示著什麼？而且，為什麼在那之後，她會出現那種反常的舉動呢……

簡直像是她的身體想要就此回歸到深深的海底一樣。

回想起整個人浸入水裡的感覺，夏憐歌就忍不住抱著雙臂打了個寒顫。還沒來得及換的衣服溼答答的黏在身上，讓人感覺異常不舒服。看著自己這般狼狽的模樣，夏憐歌不由得一邊感嘆自己背到家的運氣，一邊開始在房間裡翻找可換洗的衣物。

剛走出幾步，身上便突然匡啷一聲，掉下了什麼東西。

夏憐歌頓住步伐，彎下腰去將它撿起來，發現是一枚灰白色的貝殼。

也不知道是不是剛才自己掉進海裡的時候不小心纏住的。貝殼大約是半個手掌大小，表面光滑得沒有一絲紋路，看起來有點像耳朵的形狀。

夏憐歌新奇的將它盛在手心裡掂了掂，把玩了好一陣子後，又忍不住少女情懷大發，拿起貝殼輕輕的靠近耳旁。

從那小小的黑暗中，傳出了有如海浪湧動般，細微的、卻又浩大無比的轟隆聲。

這些都是這枚生存在深海裡的貝殼曾經的記憶。

溫柔的海浪聲讓她整顆心瞬間軟了下來。夏憐歌想像出了一片一望無際的大海，安詳的、平靜的，並非如剛才那般令人生畏，和煦的微風輕輕的推出水晶般的浪花，偶爾有海鷗一竄而起，在水面留下了一道道水痕。

「沙——」

夏憐歌愜意的沉溺在海貝的鳴唱聲中，似乎連空氣也浸染了海風的味道。

「沙——沙。」

咦，等等。

夏憐歌忽然停住了動作。在這個貝殼裡，除了那輕柔的海浪聲之外，似乎還有另外一個細微的、不易察覺的聲音。

——沙。

像是魚尾掃過海底泥土時發出的聲響。

夏憐歌微微的斂起了眉，又把貝殼往耳邊靠近了點。

——沙沙。救。沙沙。沙。救。沙沙沙。救……

夏憐歌不禁繃緊了全身的肌肉，冷汗從額上緩緩的滑了下來。

在這詭異的沙沙聲中，竟然還有一個模糊不清的女聲！

可夏憐歌此時卻像著了魔一般，即便恐懼從心底深處漫了出來，卻無論如何也放不下手中的貝殼。

空靈的女聲愈加的清晰，感覺就好像她正一步一步朝夏憐歌接近。

——拜託了，把他救上去。救救他。

他？

——誰都好，快救救他。

——救救他。

——救救他。

聲音在這裡跳出了雜音。

彷彿接收不良的收音機般，句子開始出現斷裂和拼接。

——救救……喀吡——救——喀——救救——光。

——吡吡——想要——喀——看見光。

——他想要看見光。

僅存於貝殼裡的那片小小的空間，重歸寂靜。甚至連原本嘩嘩作響的海浪聲也不見了。

夏憐歌維持著原來的姿勢一動不動的站在那裡，濕淋淋的衣服仍舊掛在她身上，彷彿噬去血液的寒冰，將她的肌膚全部凍結起來。

並不是怨毒至極的詛咒，卻不知為何驚出了她一身冷汗。

那冰涼卻又令人憐惜的聲音，像是從深深的黑暗裡傳出來的。

深深的、無人知曉亦無人發覺的、永不見天日的黑暗。

◇ ◇ ◇

「所以呢？妳告訴我這種滑稽可笑的夢是想幹什麼？」聽完夏憐歌闡述的夢境，蘭薩特用古怪的眼神上下打量了她一陣，忽然翹起脣角，嗤笑道：「妳電影看多了，潛意識開始覺得自己是救世主吧？我有專門的家族心理醫生可以請他幫妳看看。」

「……看見你這種劣根性集合體的存在，我對你家族心理醫生的專業程度持保留意見。」

旁邊開著PC打遊戲的十秋似乎聽出點趣味來，搭腔問道：「什麼時候的事？」

「啊？」

「我問妳做那種夢，是什麼時候開始的。」

夏憐歌愣了一下，隨即又煩躁的皺了皺眉頭：「我剛才不是跟你們說了嗎？上星期我去參加美術課程舉辦的校外實習，到南港寫生後就開始做這種莫名其妙的夢了。」

說起來也奇怪，其實她並沒有夢到什麼恐怖噁心的景象，只是這詭譎的夢境從那次寫生之後每晚都會出現，夢中那無邊無際的黑暗和一直在自言自語的女聲讓她感到莫名的恐懼，導致現在一想起來，即使是在太陽底下，她也會覺得毛骨悚然。

「哈，那是因為在海裡泡壞了腦袋而留下的後遺症嗎？」不知為何蘭薩特的語氣裡似乎突然冒出了點酸味，他坐在沙發上看似不在意的啜了口咖啡，又抬頭斜了夏憐歌一眼。「緊接著就開始跟莫西你儂我儂了啊，我都沒想到妳居然喜歡這種類型，嘖嘖。殿騎士聯盟趕到時你們都已經坦誠相見了，嘖嘖嘖。」

「什麼坦誠相見啊混蛋！我都解釋過好多次了！那是誤會！誤會！莫西身體不舒服我才帶他去飯店休息的！而且殿騎士衝進來的時候我正在換衣服好嗎！我都沒抱怨這群傢伙沒有一點紳士風度你還想怎樣！？」夏憐歌氣紅了臉，隨手抓起桌上的檔案夾就要往蘭薩特臉上拍過去，卻被他一個閃身躲過了。

「哼。」蘭薩特擺出嘲笑的嘴臉。「對莫西就那麼好啊？我怎麼就沒見妳對我這麼溫柔過？」

「你有在大庭廣眾下暈倒過嗎！？」

「原來暈倒就有這種待遇啊？那我現在暈了，我暈了喔——」說著，蘭薩特大剌剌的就往沙發上倒了過去。

「你去死吧！」咆哮著的夏憐歌簡直恨不得一腳踩在他的肚皮上。

蘭薩特冷哼了一聲，從沙發上爬起來：「切！妳看吧。」

「與其把溫柔浪費在你這種傢伙身上我還不如拿去餵鯊魚！」

十秋一直默默的坐在一旁玩遊戲，等到那邊的兩人都折騰累了，他才停了點滑鼠的手，慎重的抬起頭來，用看起來要多嚴重有多嚴重的表情盯著夏憐歌：「妳是不是從貝殼裡聽見人魚的歌聲了？」

還在跟蘭薩特互相瞪視的夏憐歌聽到這話時頓時一愣，耳旁似乎出現了當時她從貝殼裡聽到的那個清婉的女聲。

說起來，貝殼裡的女聲的確跟她在夢境裡聽到的聲音挺像的。

十秋認真的眼神看得夏憐歌一陣後怕，忍不住連說話都結巴了起來：「什、什麼意思……」

十秋旋即化出一抹高深莫測的微笑：「聽說那是為葬身在深海裡的人所唱的輓歌，就像遠行的航船害怕聽見塞壬的歌聲一樣，人魚的輓歌會給聽到的人帶來厄運。」

夏憐歌一下子尖叫出聲：「你胡扯的吧——」

「是真的喔——」一旁的蘭薩特蹺著二郎腿，悠然的吹著咖啡表層的泡沫，也跟著露出蠱惑的笑容。「大西洲亞特蘭提斯沉沒的地方知道嗎？那是人魚的居住地，就在離直布羅陀海峽不遠的海域呢。」

「這世界上怎麼可能有人魚啦！」夏憐歌擺出一副不敢置信的誇張表情。

蘭薩特單手支頤，輕笑道：「大千世界無奇不有，這東西誰又說得準？」

「我、我才不信！混蛋……」夏憐歌嘴硬的反駁，可是剎那間她又突然想起了之前南港那場怪異的漲潮。

那時候，確實不止她一人看到了那些躍於洶湧浪潮之上的奇怪影子……

有人說那些影子看起來像人，但是在牠們潛入水底之前，她又分明看到了那些搖擺的、長滿了鱗片的魚尾巴。難、難道那些就是人魚嗎……

「混、混蛋！混蛋混蛋混蛋！我不要跟你們說了！」夏憐歌一邊死命的搖晃著腦袋，想把這些記憶從頭腦裡驅逐出去，一邊心虛的叫喊著。

見到她這副模樣的蘭薩特不禁有點好笑：「安啦，妳究竟在害怕什麼呀？妳不是有我的『波塞冬』守護著嗎？」

一句話讓夏憐歌怦怦跳得飛快的心臟稍微緩了下來。

「那可是掌管著全世界海域的『海神』，就算真的有帶來不幸的人魚，也沒辦法傷害到妳啊。」

陽光透過落地窗將蘭薩特整個人包裹起來，他在這耀眼的光圈裡微微的勾起嘴脣，像是一隻立足於山巔的驕傲野獸。

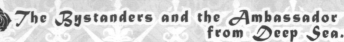

看著他這般的笑容，夏憐歌的心突然一陣不明所以的悸動，她慌亂的垂下腦袋掩飾自己紅透了的臉頰，嘴上卻還是故意逞強：「我、我才不是因為害怕！就算沒有你的『波塞冬』也……」

說著，她的聲音卻越來越小了。

名為「波塞冬」的海藍寶石，是蘭薩特家族流傳下來的名貴珍寶，亦是他的母親失而復得的珍愛之物。夏憐歌還記得，當收到這顆價值連城的寶石作為禮物時，她差點為了證實自己不是在做夢而把手臂給捏腫了。

「你、你、你……你給我這麼貴重的東西幹什麼！」

當時的蘭薩特耳根紅得像隻煮熟的蝦子，他有些氣急敗壞的扭過了頭：「什、什麼幹什麼啊！這是妳給我生日禮物的回禮！」

「欸……就算這麼說，但這麼昂貴的回禮我也……」

然後旁邊一直沉浸在遊戲裡的十秋突然心不在焉的冒出一句話：「喔，說起來，蘭薩特阿姨有說過這顆寶石將來是給她兒媳……」

「閉閉閉閉閉嘴啊混蛋！」蘭薩特瞬間一個飛撲朝十秋身上壓了過去，連帶將他的眼鏡也撞飛了幾米遠。似乎下一秒就要自燃起來的金髮少年摀住十秋的嘴，使勁將他按在沙發裡，轉過頭來結結巴巴的對著夏憐歌大喊，連聲音都變了調：「不要聽他亂說！這、這是因為……之前妳哥哥送妳的六芒星項鍊被弄壞了那件事，其實我也有一點責任……」

說到這時，他微微的垂下了眼瞼：「『波塞冬』會代替妳的項鍊守護著妳的。」

「那這就是補償囉？」

蘭薩特輕輕的斂起眉，似乎對「補償」這個詞感到不滿，但最終他還是扭捏的別過臉去：「……哼！妳可得好好的感謝我！」

夏憐歌的心裡霎時湧出了一股溫暖，她軟下表情，將那枚蕩漾著海紋的寶石握在胸口處：「……嗯，謝謝你，蘭薩特閣下。」

他將自己最為重視的寶石贈送於她，伴她喜樂，享她悲憂。她是否也可以這樣想，他會這樣做，是因為自己也是這位倨傲的少年儲君所重視的人呢？

不管會不會被他笑是自作多情，現在，就先讓她這樣子認為好了。

回想到這裡，原本還糾結在人魚話題上的夏憐歌，不禁羞恥的摀住了臉。

嗚哇哇！自己當時為什麼會有這種不切實際的想法啊！蘭薩特那混蛋怎麼可能會重視她嘛！要不然也不會老是這麼針對她嘛！

蘭薩特看著夏憐歌差點就躺在地上滾來滾去的模樣，有些不悅的撇撇嘴：「怎麼？『就算沒有波塞冬也』？是覺得我的寶石配不上妳嗎？」

看吧看吧，又來了！

夏憐歌從回憶裡拉回思緒，不知為何卻不敢正視他的眼睛。

「我又不是那個意思……」她說著，手不自覺的往衣袋裡伸了過去。

欸？

她什麼都沒摸到。

這個事實讓夏憐歌的表情不由得一僵。

或許是發覺到她異樣的神色，蘭薩特也不再逗她：「夏憐歌，怎麼……」只是他詢問的話還沒說完，便被對面的夏憐歌一臉張皇的打斷：「沒沒沒沒！什麼事都沒有！」

「……蛤？」這樣的舉動只會讓蘭薩特更加狐疑。

可是夏憐歌已經沒法去顧及蘭薩特的反應了，她此時的腦袋混亂得像是被人打上了成千上萬個死結，雙手慌慌張張的探入制服的每個口袋，但依舊什麼都沒有找著。

不見了。

蘭薩特送給她的「波塞冬」不見了！

夏憐歌差點就哭出來了。為什麼會不見！她明明一直放在身上的啊，到底、到底是在什麼時候——

這時，一個畫面倏地在腦海裡一閃而過。之前她在南港墜入海裡的時候，有一顆閃著藍光的東西從她的衣袋裡掉了出來，沉入海底。

……不、不會吧！

難道掉出來的就是「波塞冬」嗎！

這個假設讓夏憐歌驚得毛髮都要炸開，要是被蘭薩特知道了，他不把自己大卸八塊才怪呢！

果然，那邊的蘭薩特雙手抱胸，半瞇著眼一臉不悅的斜睨夏憐歌：「……嗯？妳在找什麼？掉了很重要的東西嗎？」

夏憐歌背後冷汗簌簌直下，一邊搖頭擺手一邊乾笑：「啊哈哈對呀，我的錢包好像不見了呢！」

緊接著她立刻轉身做出起跑的動作：「我、我先去找找看！再見！」

「喂，站住。」蘭薩特在後頭叫住她。

已、已經被發現了嗎……

夏憐歌定住步伐，顫巍巍的回過頭來，眼角還掛著幾顆若隱若現的淚滴：「怎麼了嗎，蘭薩特閣下？」

蘭薩特面無表情的盯了她好幾分鐘，就在夏憐歌幾乎以為他要給自己判死刑時，蘭薩特又輕輕的嘆了一口氣。

他繞到茶几邊，將一個鍍金邊的壓紋信封夾在指間晃了晃：「給妳的。」

夏憐歌一臉惶恐的走過去接過信封。信封很輕，拿在手裡就能聞到淡淡的、混合茉莉和玫瑰的花朵香味，猶如置身於花圃，恬靜又悠遠。封口是蒼蘭形狀的紅色蠟印，信封正面寫著幾行潦草的英文。

夏憐歌把它舉到眼前透光端詳著，裡面看起來就是一張紙：「裝、裝的是啥？」該不會是退學通知書吧？不要啊！

「榮譽騎士資格賽的邀請函。」蘭薩特淡淡的說。

「……那是什麼東西？」

「擁有騎士身分徽章的學生都可以參加的角逐圓桌騎士的賽事。每年舉行一次，勝出的十二位騎士會獲得『圓桌騎士』的榮譽頭銜，並擁有成為『殿騎士聯盟』候補成員的資格。」

聽到這話的夏憐歌臉色瞬間扭曲了起來：「我參加了也贏不了啊！」

蘭薩特輕蔑的瞥了她一眼，「切」了一聲：「這個我很清楚，妳覺得我像是對妳抱有期待的樣子嗎？」

「……那你給我這東西幹嘛啊！？」

「參加者不管勝出與否都可以拿到五十學分，這是騎士優待分，我是見妳這個學期的分數岌岌可危才給妳的，要不要隨便妳。」他一臉無所謂的攤攤手。

夏憐歌一時語塞，忽然這麼好心，還為她的學分著想，跟剛才一直找自己麻煩的蘭薩特簡直判若兩人，真是怎麼看怎麼不習慣。但好歹是幫了自己一把，擺臉色給人看總不太好……

想完，她有些扭捏的軟下了聲音：「那……謝謝了。」

蘭薩特坐下了身，單手枕在沙發扶手上，故意別開頭看著窗外藍天白雲，低低的「嗯」了一聲。

氣氛驟然變得有些尷尬，夏憐歌還在想「波塞冬」的事情，便找了個藉口慌慌張張的退下了。

掩門的時候看見十秋別有意味的瞄了她一眼，又看看蘭薩特，她一下子就想起了前些日子自己在鐘樓旁守著蘭薩特睡覺的事，這人除了十秋之外誰都不信任，卻敢在自己面前睡著……那意味著他覺得自己是可以託付信任的人吧？雖然有時候嘴巴是惡毒了點，但應該也不是太壞的人……

這樣想著，夏憐歌不禁有些竊喜，手上捏著的那封騎士資格賽的邀請函彷彿也一下子變成了什麼珍貴的寶物一般。

然而下一秒她又苦下一張臉來，如果「波塞冬」真的掉到海裡了那要怎麼辦啊！這顆寶石就真的和大海那麼有緣嗎？之前蘭薩特的母親也曾經在一次遠航中遺失過它，但最後好歹是找回來了，但是這次……

要是它就這樣子丟掉了，不止蘭薩特，連她都無法原諒自己啊。

02

✢南港✢天之光✢結婚周年禮✢

夏憐歌握了握手中的寶石，將它遞到少年面前：「那、那個……是你幫我把『波塞冬』找回來的嗎？」

話音未落，少年突然啪的一聲從水裡站起了身。

直挺挺的站在自己面前的少年……不只上身是赤裸著的，就連下半身也是什、麼、都、沒、有、穿！

——「媽媽！媽媽！這裡有變態啊！」

✢ The Presidents of wedding anniversary. ✢

從事務廳出來之後，夏憐歌就匆匆的趕回宿舍，把能翻的地方都翻了，但還是沒能找到「波塞冬」。

這樣看來，八成是真的掉在南港了。

夏憐歌有些埋怨自己的粗心大意，正想往南港去的時候，卻發現今天學院開往那邊的校車只剩下晚上一班，而且跟莫西約定的補習時間也快到了，她也只好讓焦慮的心盡量平緩下來，等晚上再過去南港找找。

而現在，乾脆就先跟莫西諮詢一下騎士資格賽的事情吧。

見面的地點是在銀角區的圖書館，那裡地方大又安靜，而且對騎士和支配者提供專用座區和免費甜點，即使不是補習，光是消遣的話，那裡也是一個好去處。

夏憐歌到達圖書館的時候，莫西已經在那裡候著了；但不知為何卻是一副憂愁的模樣，整個人頹靡的趴在桌子上一動不動，連肩上的那捷爾都病懨懨的垂著腦袋。

看見這情形的夏憐歌不由得嚇了一跳，走過去拍拍他的肩膀：「莫西你怎麼了？之前的病還沒好嗎？」

前些日子他還在南港暈倒呢，現在卻被拜託過來幫自己補習，會感到不適也是理所當然的吧。一想到這，夏憐歌不免感到愧疚。

「都說了不是生病啦！」莫西無精打采的從臂彎裡抬起頭來。「一有預感就渾身不舒服……」

不管身體不適的起因是不是預感，你現在這種樣子在我看來就是生病啦。

夏憐歌見他實在難受，連忙叫了杯水遞給他：「你要是真的不行的話，我就送你回去吧？」

「沒事……我習慣了。」莫西啞著聲音說著，接過杯子抿了一口水潤潤嗓子，緊接著像想到什麼，臉色有些陰沉。「不過最近可能會有不太好的事發生……」

剛聽完事務廳那兩人唬了一通人魚傳說後，夏憐歌不禁心中咯登一下：「什麼不好的事？」

「不知道，我一難受就總會有不好的事發生。以前還能看見些什麼，但這次卻沒有，所以到底會出現什麼我也不清楚，反而更擔心……」莫西疲憊的撫了撫額頭。他所擁有的ESP

是先知預見，然而這是非常被動的能力，並不能自主控制。

兩位儲君之前說過的話又在腦海裡轉了起來，夏憐歌吞了吞口水，聲音不由自主的有點發顫：「莫……莫西你相信有人魚嗎？聽說他們的輓歌還會給聽到的人帶來厄運什麼的……」

「為什麼不信？」莫西睜著一雙澄澈明淨的眼看著她。「這不是和這裡擁有ESP的學生一樣嗎？聽著很不可思議，但我們的的確確是存在的，說不定海裡也真有人魚這麼一個族群呢。」

夏憐歌頓時說不出話來。

說得也是……她都已經被學院裡那些有著形形色色EPS的人搞得麻木了，竟然一點也沒發覺自己現在的生活環境本來就很奇怪。

「而且啊，不是還有另外一種說法嗎？人魚之所以總是在災難發生之前出現，是因為想要告訴人類，好讓他們避開這些不幸。」彷彿突然想到了什麼，莫西之前那消沉頹靡的樣子一下子煙消雲散了。「我們一星期前不都在南港看見了一群奇怪的生物嗎？那些就是想要來幫助我們的人魚吧，唔……這樣說起來，難怪我會出現這種不好的預感，最近最好小心一點。」

「別說了啊啊啊莫西！」夏憐歌越聽越驚慌，差點就拿起草稿紙往莫西嘴裡塞了過去。

這時，夏憐歌剛才點的三份甜點恰巧送了上來，是澆了濃厚巧克力醬的哈密瓜夾心蛋糕，莫西一看眼睛都亮了，直接就拿起叉子，把注意力轉移到了這邊來。

「啊！對了對了，你看看這個東西。」夏憐歌急忙抓住時機扯開話題，從口袋裡掏出那份榮譽騎士資格賽的邀請函擺在桌上，往莫西面前推去。「你知道要參加這個資格賽的話得做什麼準備嗎？」

莫西咬著叉子盯了一陣，隨即搖了搖頭：「不太清楚呢，這些不歸輔導員管。」

……難道輔導員不是相當於打雜的什麼都管的職位嗎？

夏憐歌默默的在心裡吐槽了幾句，那邊的美少年輔導員又開口說道：「榮譽騎士資格賽的事啊……如果妳想知道詳細情況，可以去問蒲賽里德。」

一說到蒲賽里德，莫西的眉頭就狠狠皺了一下。

「……他嗎？」夏憐歌心裡也油然生出了強烈的抗拒感。

「每年可供角逐的圓桌騎士名位共有十二個，但圓桌騎士的總人數其實有十三人，剩餘一人便是圓桌騎士管理者，同時也是殿騎士聯盟的管理者——蒲賽里德，他比誰都清楚……」

話音剛落，旁邊忽然冒出個輕佻風流的聲音：「對喲，只要莫西老師陪我一天，我就可以提供妳這次榮譽資格賽的比賽項目和線路圖……」

兩人的身體一僵，機械性的轉過腦袋，就看見蒲賽里德不知道什麼時候坐在隔壁一張長桌邊，一臉玩味的盯著他們兩人，身側還坐了五、六個女孩子，全部一臉憧憬的依偎在他的身旁。

蒲賽里德一邊跟夏憐歌搭話，一邊還回頭跟她們調笑，這景象……真是讓人怎麼看怎麼想打死中間那人。

「為什麼又是你！」夏憐歌捏著叉子就往黑髮少年那邊一指。「老是這樣擁著一堆女生在公共地方四處調情！還偷聽別人講話！你發情也挑挑地方好嗎，別每次都用這種方式出場啦！」

「妳這樣就講錯了。」蒲賽里德一副陶醉享受的神情望著高高的天花板。「圖書館是個好地方，我平時沒什麼事就會來坐坐，感受藝術氛圍，但總是免不了吸引些人氣。」

夏憐歌拍案而起：「感受個鬼藝術氛圍啦！你用什麼來感受藝術氛圍？下半身嗎？」

蒲賽里德倒是笑得開懷，湊近那群鬧哄哄的女生耳邊親暱的交代了幾句，女生們便露出眷戀不捨的神色，站起身陸陸續續走開的同時，還不忘攬著他的手撒嬌：「蒲賽里德殿下不可以忘了我們哦～」

蒲賽里德朝走遠了的女生們送了一個飛吻，接著就坐到了夏憐歌他們那邊的椅子。兩人一見他過來，馬上進入了戒備狀態，像喝水防著鱷魚的羚羊，直勾勾的盯著蒲賽里德。

「喲，每天限量的哈密瓜夾心蛋糕嗎？看起來真不錯。」他悠然的坐在一邊，亮出不羈的笑。

夏憐歌忍不住沉下了整張臉。「你滾回去跟那些女生卿卿我我啊，過來幹嘛？」

蒲賽里德欣賞的看著兩人，表情依舊笑咪咪的。「我覺得小羔羊和小貓咪比較可愛。」

「……求你死，求你快點去死好嗎──」

蒲賽里德卻早已習以為常，絲毫不介意夏憐歌這麼罵他，反而好脾氣的露出笑容來，說道：「怎麼，妳不是要問關於榮譽騎士資格賽的事嗎？」

夏憐歌覺得自己已經深諳此人德行，撇撇嘴露出一副不屑的樣子：「你肯定會要求我拿什麼東西交換吧？我才不問！」

「只要莫西老師把那捷爾那份蛋糕給我，我就告訴你們。」說罷，蒲賽里德半分曖昧半分期待的等著看莫西的反應。「怎麼樣，莫西老師？」

被問的莫西一怔，居然還真的認真考慮起來！還考慮了整整一分鐘！然後莫西才默默的回道：「……不行，那捷爾會生氣。」

蒲賽里德覺得有趣，繼續逗他：「那你的那份給我。」

莫西皺皺眉不說話了。

「好吧，就當莫西先欠著。」蒲賽里德忽然大笑起來，轉頭問向夏憐歌。「怎麼樣小羔羊，想瞭解些什麼呢？」

夏憐歌倒是正直得很，擺擺手說：「作弊什麼的就算了……我只想知道在哪裡舉行，或者比賽途中需要做些什麼。」

蒲賽里德雙手抱著後腦勺，懶洋洋靠在沙發上。「這次榮譽騎士資格賽的舉行地點是在直海區南港的海洋遊樂場，那下面有個連接海底的地下水族館，有遊樂場覆蓋面積的一半大。」

「地下水族館？」

「對。」

蒲賽里德露出高深莫測的微笑，拿過桌上放著的邀請函把蠟印刮開，取出信箋。紋理是高級的捷克紙，邊緣用鋼印壓出一簇蒼蘭花邊，裡面夾著一個薔薇葉形狀的銀色信籤，是參賽資格證。

信的正面是全手寫的邀請信，背後則是這個島的地圖，附上詳細的賽區位置指示。

「就在這裡。」蒲賽里德指著南港近海的一處地方。「這水族館一年前才開始籌建，剛好最近完工，等資格賽完結後也順便舉行開幕儀式。」

夏憐歌抬頭問他：「那過往賽事是怎麼樣的？」

「去年的榮譽騎士資格賽是在都夏區舉行，比賽範圍是整個商業區。」

「整、整個商業區？」夏憐歌不由得一臉詫異。「那是幹嘛？」

蒲賽里德故意壓低了聲音，看著夏憐歌一副心驚膽顫的模樣，這才緩緩的開口道：「捉迷藏。」

「……那這次呢？」

「也是捉迷藏，不過因為範圍只在遊樂場內，會比較簡單。」

「比較簡單？真的嗎？」她有點不好的預感。「怎麼個捉迷藏法？」

「妳不是說不要作弊碼？」蒲賽里德半瞇著眼睛向夏憐歌湊了過去。「這可是賽事機密哦。」

夏憐歌一癟嘴，揚手就把他手上的邀請信搶了過來。「好吧，就這樣！你可以滾了！」

「真無情啊。」話雖然這麼說，但蒲賽里德倒是落落大方的站起來，兩指舉到眉間輕輕一揚，做了個帥氣的道別手勢。「那祝妳好運，小羔羊。」

說罷，又轉身給莫西拋了一個飛吻。「就這麼定了，我的莫西公主，你欠我的東西到時候我會來取的喲～」

莫西想起萬聖節被他拐去當南瓜公主的那檔事，不由得氣血攻心，一支叉子飛了過去，吼道：「你滾！誰是公主啊！」

蒲賽里德歪頭一閃，俐落的把莫西擲過來的叉子夾在指尖，得意洋洋的朝兩人眨眨眼睛，然後禮貌的躬身將叉子擱在桌邊。

罷了擺出一副出場耍完帥就退場的終極 BOSS 模樣，爽朗的笑著轉身走了。

望著蒲賽里德那囂張的模樣，夏憐歌就恨不得抱著把 AK47 手槍在他身上掃出幾百個窟窿，一晃眼看到自己手上捏著的參賽資格證，她又開始憂愁起來，這比賽怎麼看都不像蒲賽里德說的那樣簡單……

啊啊啊！真是煩死了！

但是事到如今，她也只好見一步走一步了。

◇　◇　◇

從圖書館出來的時候，天空已經變成了冶豔的紫紅色。

腦袋疲倦得像一灘軟綿綿豆腐的夏憐歌，輕輕的吁了一口氣，伸手提了提裝滿習題的背包，跟莫西道過別後，去南港的班車正巧開了過來。

夏憐歌沒多想的直接跳了上去，順勢在車上睡了一覺，到達南港時大概已經接近晚上八點了。

夜晚將整個世界都染成沉沉的黑藍色。下了車的夏憐歌呆立在原地吹著晚風。雖然她是想來南港這邊找，可究竟要從哪找起呢？如果當時沉入海底的東西真的就是「波塞冬」的話，那現在潛水去打撈也不實際啊。

這樣想著，夏憐歌有些頹然的照著指示牌往海灘的方向走了過去。

既然是度假村，南港這邊的娛樂設施其實也跟都夏區有得一拚，夏憐歌看見各式各樣打扮入時的男女猶如魚一般在璀璨如星的燈光裡來回湧動，不禁仇富的嘖嘖了幾聲。說起來，蒲賽里德說過，騎士資格賽是在這邊的遊樂場舉行，也不知道那個遊樂場在哪？要是能去裡面探探路就好了……

夏憐歌邊想邊踮起腳尖四處張望，不過這麼大的地方，她自然是沒辦法一眼就看完。於是夏憐歌只好作罷，繼續朝自己原本的目的地走去。

越是接近海灘，原本還熱鬧無比的喧譁聲便漸漸的消散了。這裡之前就算是入夜也是人聲鼎沸的，現在會冷清下來，可能是一週前那次漲潮的關係。

現在夏憐歌也只能沿著岸邊走走，看看「波塞冬」有沒有可能被海水沖上來，不過這個幾率怎麼想怎麼小嘛……

就這樣毫無目的的走了將近一個多鐘頭，還背著一堆習題的夏憐歌啪答一聲跪倒在沙灘上，一臉絕望的雙手撐地。

怎麼辦……找不到啊混蛋，真的只能去海裡撈撈看了嗎，但是這麼大一片海啊……不，在那之前，她要以什麼理由去借套潛水工具還是個問題……

她抬著沾滿了沙土的右手擦了擦眼淚，差點就要心灰意冷了，而就在這時，前方一個白得晃眼的影子驟然吸引了她的注意。

那是海灘這邊的一個死角，旁邊是怪石嶙峋的懸崖，大約是夜晚的潮水退了，露出原本被浸在水裡的崖角，有一個人就這樣趴在一角稍顯平坦的石塊上，一動也不動。

夏憐歌頓時心下一驚。「殺人拋屍現場」、「海上浮屍」、「被外星人抓去鬼畜後放回來的改造人」之類的想法如走馬燈一樣在腦子裡轉個不停。她連忙閉上眼睛碎碎唸著「我什麼都沒看見什麼都沒看見」，但是這樣子的自我暗示卻完全無法阻止她那燃燒起來的好奇心，手腳幾乎是完全不受控制的，小心翼翼的往那個來路不明的人影爬了過去。

那看起來是個約莫十七、八歲的少年，有著一頭海藍色的短髮，皮膚白得異常，甚至還泛出了一絲淺淺的藍色，也不知道是不是她的錯覺。此時少年正意識全無的趴在那粗糙的石塊上，下半身被淹沒在水裡，上身是光裸著的，上面還布滿彷彿細小裂痕般的印記，遠遠看起來像怵目驚心的傷痕。

夏憐歌微微的皺起了眉頭，他身上令人在意的還不止這些。

少年竟然有一雙如精靈般尖尖的雙耳。而他那雙瓷白修長的雙手，也有如蛙類那般，長了薄而通透的蹼。

人魚！

這是夏憐歌腦海中冒出的第一個想法。

然而下一秒，她的注意力便又立刻被其他東西吸引了過去。

在少年緊緊握住的右手中，一顆海藍色的寶石正隱隱閃著光。

「波塞冬」啊！

這一刻夏憐歌激動的差點就要嚎啕大哭，也顧不上禮儀，條件反射的就伸手將他手中的寶石奪了過來，仔仔細細認認真真的摩拭著。

這一舉動驚動了昏睡中的少年，他的手指動了動，低吟了一聲，便緩緩睜開雙眼，抬起頭來，正好與欣喜若狂的夏憐歌四目相對。

夏憐歌愣了一下，他的眼睛也是清澈又迷人的海藍色，好似蓄滿了讓人心悸的魔力，似乎下一秒就會將她的魂魄吸進去。

他就這樣定定的盯著她，也不說話，像是在看著什麼稀世珍寶一樣。

夏憐歌頓時覺得有些尷尬，她握了握手中的寶石，猶疑了一陣，又將它遞到少年面前，支支吾吾：「那、那個……是你幫我把『波塞冬』找回來的嗎？呃……我是說，這個之前是我的東西，因為不小心掉進海裡了……」

少年仍舊只是看著她，藍色的眼睛澄澈如海，也不知道他究竟在想什麼。

夏憐歌心裡驟然湧起一絲羞愧，像是做錯事的孩子般垂下了腦袋：「對不起啦！事先沒有跟你說明就把寶石拿走，但它對我來說真的是很重要的東西……」

話音未落，少年突然啪的一聲從水裡站起了身。

被他濺了一臉水的夏憐歌霎時石化了。

直挺挺的站在自己面前的少年……不只上身是裸著的，就連下半身也是什、麼、都、沒、有、穿！

「嗚哇哇哇哇哇！」夏憐歌當即有如雙眼被飛鏢插中般，一邊慘叫著摀住眼睛，一邊飛快的扭過腦袋：「媽媽！媽媽！這裡有變態啊！」

「……我。」一直沉默不語的少年終於開口說話了，聲音帶著一點低沉的沙啞。「我、妳別……」

還摀著臉尖叫的夏憐歌似乎聽到了腳步挪動的聲響，立刻就往後甩過一隻手做出「禁止前行」的手勢。

「別過來！你別過來啊！……總而言之你先把衣服穿上啦！」

少年停住了：「……沒。」

沒！？沒是指什麼？沒有衣服嗎？

聞言的夏憐歌立刻劈里啪啦的翻起自己的背包來，好不容易才找出一張面積夠大的報紙，她顫巍巍的用兩指將它捏起，勉為其難的扶額把報紙提到他面前：「你、你、你盡量遮遮吧。」

「哦。」少年淡定的將報紙接過來，經過一陣窸窸窣窣的擺弄之後，他又說了句：「好了。」

夏憐歌僵硬的轉過頭，在看到拿過去的報紙的確嚴嚴實實的裹在對方腰上時才鬆了口氣，揉了揉跪麻了的雙腿，搖搖晃晃的站起身來。

不過就是這麼一張破破爛爛的報紙他也能裹出後現代藝術風格，真不知道應不應該誇獎他……

裸男的衝擊過後，接踵而來的疑問又幾乎要把夏憐歌的腦袋沖垮了。

來歷不明的少年就這樣面無表情的站在那裡，似乎也並不想解釋自己為何會以這種樣子出現在這個地方。

夏憐歌與他對峙了好久，最終是認輸般的輕嘆了一聲。

「你為什麼會拿著我的『波塞冬』暈倒在這裡啊？而且還、還……咳唔，光著身子，難道是遇到了什麼糟糕的事？」類似被海盜劫持什麼的。

「不是。」

少年倒是回答得乾淨俐落。

可也就僅僅只回答了這兩個字，緊接著又站在那邊裝雕像了。

夏憐歌有些無語，現在他們這模樣被人看見了也不太好。於是她悻悻然的從背包裡摸出手機：「算了，我打電話跟蘭薩特報告一下好了，省得你是什麼財閥家的大少爺，到時候又要我來背黑鍋。」

剛按出幾個數字，她又抬起臉來看他：「對了，你叫什麼名字？」

少年沉默了幾秒，好像是在思考，良久之後才輕輕的張開了口：「……天光。」

按下通話鍵，夏憐歌將耳機靠近耳邊時隨口喃喃了句：「天光啊……真是個奇怪的名字。」

他也不生氣，只是海藍色的眸子卻一下子黯了下來。「這是她贈予我的。她說，這是天空的顏色，的意思。」

「她？……啊，喂喂，蘭薩特嗎？混蛋！你喊那麼大聲幹嘛！」夏憐歌隨即將注意力全部集中到手機上，一邊和話筒對面的人大吵大鬧，一邊跟他交代了經過後，便氣呼呼的放下手機，發洩般的將手機扔進背包裡，接著換上親切的表情看向少年：「你先在這等等喔，蘭薩特說他等等會派人來接我們。」

少年的反射弧像是繞了銀河系一大圈，過了十幾秒之後才點頭出聲回應：「我知道了，主人。」

「嗯嗯，那麼就……欸？」夏憐歌的笑容突然僵在臉上。「等等，你剛才叫我什麼？」

「主人。」

「……欸欸欸欸欸——！？」

◇◇◇

事務廳裡瀰漫著一股幾乎可以將人直接輾死在地面上的低氣壓，只有十秋敲鍵盤的聲音清晰可見。

蘭薩特雙手抱胸坐在沙發上，臉上黑沉沉的表情猶如蓄滿了暴風雨的雷雲，他看了一眼對面坐姿端正臉色坦然的天光，又瞥了眼身邊眼神閃閃爍爍的夏憐歌。

如今原本光著身子的少年身上穿著看起來廉價又老舊、勉強可以稱為海盜裝扮的服飾；夏憐歌也不好老是讓他就這麼裸著，於是便將壓在櫃子底的之前做給「夏招夜」的萬聖節衣服拿給他。

蘭薩特有些促狹的冷笑一聲，托著腮幫子朝夏憐歌嘲諷的挑挑眉：「那麼身為他的『主人』，妳要怎麼解釋你們在夜晚的海灘上赤裸相見的事情啊，夏憐歌？」

「拜託什麼赤裸相見！裸的只有他而已，你在胡說些啥呀！」夏憐歌當即炸毛，跳起來指著蘭薩特的鼻子破口大罵。「上一次莫西的事也是這樣，你對我的偏見究竟有多大！」

「哼～」蘭薩特曖昧的斜睨著眼看著夏憐歌。「我都不知道原來妳的魅力有這麼大，都跟美少年們玩起主僕PLAY了。」

「哪裡有『們』啊！而且又不是我自己願意的！」

「那妳解釋一下為什麼一定要把他帶回來？難道妳一點私心都沒有？」

「我……」一句話堵得夏憐歌氣血上湧，她還能有什麼私心啊混蛋！「那要不然呢！？把他扔在那裡嗎！要是死了怎麼辦啊！」

「死？我看沒這麼容易吧。」說著，他抬起手來，對一言不發的少年耳朵和手指點了點。「妳覺得他可能會像普通人類一樣脆弱嗎？」

言下之意是妳居然敢把是不是人類都不確定的傢伙往這裡帶。

夏憐歌瞬間收了聲。確實，一個人類怎麼可能會長著像他那樣的尖耳和手蹼？但是看到一個人氣息奄奄的躺在海邊，不管對方是不是「人類」，她都沒辦法見死不救吧，何況他還幫自己找回了「波塞冬」呢……

當然後面這句話是完全不能對蘭薩特說的。

而這時，一直沉默不語的天光忽然淡淡的說了句：「我原本並不是這種形態。」

「原本？形態？」對他的用詞感到疑惑的蘭薩特微斂起眉，乾脆順水推舟的問道：「那你為什麼會變成這樣？我是說，你的尖耳和蹼是怎麼來的？」

「因為她就是這副模樣。」他的臉上仍舊沒有顯露出任何表情。「我只是想要，變得離她更近一些。」

「她是誰？」

「我不知道。」

「……蛤？」蘭薩特頓時覺得自己被耍了。

天光並沒有在意他不悅的神色，繼續說道：「我不知道她的名字。我只知道她生活在一片什麼都沒有的黑暗裡。」

少年低下了聲音：「一片沒有盡頭的、寂寞的黑暗。」

「哼。」蘭薩特嘲諷的勾起嘴角。「既然如此，那你為什麼不去找她？」

天光驀地抬起頭來看了夏憐歌一眼，半晌之後才道：「我現在無法離開主人的身邊。」

喂！你幹嘛要這樣子說啊！

這一剎那，夏憐歌的心中血淚成河。

果不其然，蘭薩特的臉立刻又黑了八成，他扭過頭來惡狠狠的瞪向她：「夏憐歌！」

「別問我我什麼都不知道！」

眼看兩人之間熊熊的戰火又即將點燃起來，一直沉浸在電腦裡也不知道在幹什麼的十秋突然說了一句：「彼方，阿姨發了一份活動策劃過來。」

「啥？」原本還氣勢洶洶的蘭薩特瞬間露出古怪的表情。「等等，她想幹嘛？該不會是……！？」

嗯！逃走的好時機！

見狀，夏憐歌不假思索的站起身來，趁蘭薩特將目光轉向螢幕的一剎那大喊了聲「閣下那我不打擾你了」，接著便飛也似的逃走了，也不管氣急敗壞的蘭薩特在身後喊了好幾聲站住。

衝出門外跑到走廊的拐角時，她才稍微緩下腳步，天光不緊不慢的從後面跟了上來，還是什麼話都不說，像是一個笨拙卻忠誠不二的玩具兵。

夏憐歌扶著牆連連喘氣，她有些不爽，對蘭薩特那無中生有的猜疑，亦是對眼前少年那無時無刻的沉默。說到底，她究竟為什麼要遭遇這些啊！？明明只是好心救個人回來而已！

想到這，夏憐歌不禁有些不耐煩的瞥了天光一眼：「你為什麼要跟著我啊？」

天光還是那副表情，就好像他的臉被模子固定起來一般。

「我無法離開妳。」

「……可是我又不認識你，你這樣跟著我會讓我覺得……」夏憐歌皺眉思考了一下措辭：「很難堪啊。」

天光面無表情的站在那裡，月光宛如融化了的雪般灑落他全身，他脖子上那未被衣服蓋住的裂痕彷彿泛出了點淡淡的藍色，剎那好像有一波搖曳的海紋在他四周蕩漾開來。

夏憐歌愣了一下，又發現那好像只是錯覺。

天光海藍色的眼睛看著她，說道：「那妳能讓寶石回去屬於它的地方嗎？」

欸？寶石？難道指的是「波塞冬」？

「讓它回到海裡去。」

◇◇◇

天光目前居住在夏憐歌隔壁的宿舍裡。

他原本是直接跟在夏憐歌身後進了她的房間，結果被毫不留情的一腳踹了出來。蘭薩特更加乾脆，說這種來路不明、連是否身為人類都搞不清楚的生物直接斬立決就好，不過被她阻止了，搞得那個任性的傢伙氣壓又陰沉了好幾天。

其實會這樣子維護天光，是因為夏憐歌多多少少猜出了他的身分。

他或許是和「波塞冬」這枚寶石有關的。

只是她不明白，這顆如此名貴、寄託了幾代人情感的寶石，為何那麼想要回到海裡去呢？

在那片冰冷蝕骨的深海裡，究竟有什麼在等待著它？

夏憐歌在做夢。

又是一處永無邊際的黑暗。

她竭力的伸展著四肢，伸展著，伸展著，想要去到這片虛無的盡頭；但那都是徒勞的，她被埋葬在這溫柔又冰涼的泥沼裡，像隻身負重傷的困獸，一動也不能動。

那人又開始說話了。

——我想起了小時候的一場遷徙。

——要是當時我沒有因為貪玩跟去了母親的話，也不會在慌亂中闖進這片黑暗裡吧。

——那麼我的世界，也不會只剩下漫無止境的黑。

——不過如果那樣的話，我大概也就不會遇見你了吧。

——要是你打算走的話，可以帶著我一起嗎？

——……啊，不過沒辦法的吧。我啊，因為在黑暗裡生活了太久，眼睛好像已經看不見了呢，而且也完全適應不了上面的生活。

——所以我才……一直，一直，一直待在這裡。

——除了這片黑暗，我已經無處可去了。

我無處可逃。

夏憐歌聽到了咕嚕咕嚕的水聲，那像是一聲一聲柔軟的嘆息，如棉花般將她整個人輕輕的包了起來。

——吶，你為什麼一直不說話呢？

寒冰般的指尖襲向自己，她感覺那人緩緩的俯下了腦袋。

冷澀的氣息和長髮一起糾結著鋪灑了過來。

——因為，你只是一堆骨頭嗎？

夏憐歌猛地睜開了眼睛。

冷冰冰的雙眸如閃著光的藍寶石般，動也不動的盯著自己，月光宛若傾灑的顏料，從窗外蔓延而進，爬過眼前那人赤裸的上身，在牆壁上漾開了一片蔚藍色的海紋，隱隱有纖弱的少女從那波濤中傾躍而起，似要為自己的溺亡唱上一曲輓歌。

被少年壓在身下的夏憐歌面無表情。

「天光？」

「嗯。」

「你可以從我的床上滾下去了嗎？」

說罷，她也不等對方應答，直接飛起一腳就把他踹下了床。

牆壁上的那副影像一下子消失了。

夏憐歌冷笑的坐起身來，跌坐在地的少年神色仍舊毫無變化，她不禁恨得牙癢癢，忍不住想去掐他的臉，看他是不是戴上了一層厚厚的面具。

而那片海紋猶如四處移動的流沙，鋪展在他身下輕輕的搖曳著，像是依附著少年存在的影子。

夏憐歌問：「天光，你的衣服呢？」

「穿著不舒服，而且不好看。」

額頭啪啪的冒出了幾條青筋。

「……那你是怎麼進到我房間的呢？」

天光回頭指了指大開的窗戶，窗簾在夜風的吹拂下，緩緩的來回擺動著。

啪嘰。

腦袋裡好像有什麼緊繃的東西在一瞬間斷掉了。

夏憐歌僵硬的挑了挑嘴角：「呵呵，你還真是有夠紳士的啊，混．蛋。」

下一秒，她就毫不客氣的把枕頭狠狠甩到他臉上：「去死吧！去死吧！去死吧！你把女孩子的房間當成什麼了！拜託稍微有點廉恥心好嗎你究竟想幹啥啊！」

天光慢悠悠的將臉上的枕頭拿下來：「我聽見她的聲音了。」

「蛤！？」

「我聽見了，她在妳的夢境裡。我只是想見見她而已。」

他終於顯露出一絲焦躁來。

夏憐歌一滯，瞬間沉默了下來。

這是她願意將天光留下來的另外一個理由。因為她覺得，少年口中的「她」，也許和一直纏繞著自己的惡夢有所聯繫。

這樣想著，夏憐歌收斂起怒氣，有些試探性的問道：「說起來，你是在海裡跟『她』認識的……嗎？」

天光看了她一眼，又垂下腦袋來，似乎是在回憶，半晌之後應了一句：「嗯。」

「這樣啊……」

那麼為什麼生活在深海裡的「她」，會不斷的出現在自己的夢境裡呢？

「她」是想對自己訴說些什麼？

夏憐歌突然想起之前在南港撿到的那個貝殼，或許就是引起這連夜來惡夢的元凶，向自己傳達了「她」的聲音。被禁錮於深海裡的「她」在低低的訴求著：救救他，救救他。

「她」想要救誰呢？

夏憐歌不禁瞥了眼前的天光一眼。

會是他嗎？難道「她」的意思是，幫忙讓天光回到海裡去？

可是又總覺得哪裡不對勁的樣子……

夏憐歌想起剛才夢裡「她」所說的「骨頭」，不由得渾身打了一個寒顫。

天光原本木訥的眉眼柔和了下來，彷彿是想起了什麼令人愉快的事情一般：「那時候她說，一看到我，就想起了她曾經居住過的海洋。」

「那片湛藍的，有如天空倒影一般的海洋。」

「她說，我是她除了黑暗以外，唯一能見到的顏色了。」

他的尾音被風抹開，好似將投進房間的月光也染成了憂鬱的蔚藍色。

夏憐歌似乎也被這氣氛感染，連聲音都不自覺的放低下來：「那你為什麼又要離開『她』呢？」

這時，天光那如面具般的臉竟然有了一絲變化，他的眉心微微隆起，露出了相當不悅的表情：「我被吃掉了。」

「欸？」

「被一尾路過的討人厭的魚吃掉了。」

◇◇◇

最近幾天，天光像是牛皮糖一樣黏在夏憐歌身後，不知道的人還以為是她從哪裡顧來的貼身保鏢，惹得一大群人看著他們碎碎唸——

「欸，這不是蘭薩特閣下的騎士嗎？怎麼沒跟閣下在一起，反倒和另一個男的……？」

「而且那男的看起來好奇怪哦，是在玩COSPLAY嗎？唔……雖然也挺帥的。」

「切，那傢伙算什麼啊，天天跟莫西老師蒲賽里德殿下在一起就算了，現在居然還找了個新歡！蘭薩特閣下當初為什麼要選她啦！」

……喂，新歡是什麼意思啊？而且要不是被迫，我也不稀罕當蘭薩特那混蛋的騎士好嗎！

夏憐歌也曾經幾度阻止過天光，卻總是被他一句「可我離不開妳身邊啊」、「要不妳把寶石扔回海裡」噎了回去。到最後，夏憐歌也只能憂鬱的回答：「……那你至少把我給你的衣服穿好啊？」

其實夏憐歌有時候也忍不住自暴自棄的想，要不乾脆真的把「波塞冬」扔掉算了，但若是這樣做的話，肯定會被蘭薩特抓去凌遲的……哎，可現在他們這種看似如膠似漆的狀態，只要被蘭薩特看到，她一樣會被提著耳朵罵得狗血淋頭啊……

真是莫名其妙，他有什麼權力啊，切！

一上午的課夏憐歌什麼都沒聽進去，就這樣放任自己的思緒到處亂飛，倒是待在旁邊的天光默默的幫她整理了厚厚一本的筆記。在看著那整齊漂亮的字跡時，沒什麼節操的夏憐歌又忍不住想，其實這傢伙還是挺可愛的。

午休時，趴在桌上睡覺的夏憐歌被接踵而來的躁動吵得難以入眠，先是莫名其妙的廣播將她夢裡鮮美可口的烤乳豬一掃而光，接著是女生們發了瘋似的歡呼。到了最後她終於忍無可忍的睜開了眼睛，剛一抬起頭，就被漫天亂飛的海報「啪」的一聲擊中臉。

她頓了一會，有些無言的將臉上的海報掀了下來，不耐煩的低聲喃喃了句：「這些傢伙究竟都在興奮些什麼啊？」

夏憐歌原本以為是在為榮譽騎士資格賽做宣傳，可是拿到手一看時，卻發現好像完全不是那麼一回事。

素色典雅的海報拿在手裡顯得異常小巧，上面具體寫了什麼，睡眼朦朧的夏憐歌也沒仔細去瞧，只覺得海報上方「結婚」這兩個大字看起來相當搶眼。

說起來，剛剛廣播好像也確實出現了「結婚周年紀念」、「舉行」、「蘭薩特」之類的字眼。

夏憐歌微微的斂起了眉，這怎麼回事？蘭薩特要結婚了？

可是這樣的話，那群女生又為什麼那麼高興？難道那傢伙是打算用拋繡球之類的古老方法選擇伴侶嗎？

將目光下移，夏憐歌又看到一行「男女反串假面PARTY」這樣令人匪夷所思的小字。

……蛤？

「榮譽騎士資格賽參與資格選拔」。

……喂！等等！這又是怎麼回事？為什麼還有參與資格選拔這種東西！？她之前可是完全不知道的啊！

一上完課，夏憐歌像匹百米衝刺的賽馬趕到事務廳的時候，裡面的氣氛是前所未有的凝重，搞得原本氣勢洶洶的夏憐歌一下子將洋溢於臉上的憤怒憋了回去。

此時，坐在沙發上的人們眼神死的嚴重程度分別是常清＞十秋＞蘭薩特。

真是奇特啊，居然連十秋那張萬年不變的死人臉也有了如此微妙的變化。

夏憐歌滿頭黑線，盡量放輕了腳步走到蘭薩特面前，將手上的海報置於桌上，連原本醞釀好充滿了壓迫感的語氣，如今也莫名的小心翼翼起來：「蘭薩特……這是怎麼回事啊？」

誰知這句話就像突然點燃了引爆點，常清一下子從沙發上跳起來，「唰」的一聲將手上緊緊攥住的海報摔在地上。

「就是啊！這是在搞什麼啊男扮女裝是啥玩意？憑什麼要贏了這種奇怪的挑戰才能去參加榮譽騎士資格賽啊？這是對我的實力的侮辱！」

「不是男扮女裝。」蘭薩特的臉色也不太好看。「是男女反串。」

「這有區別嗎？我還不是得扮女裝！」要不是十秋就在旁邊，那隻正在暴走的野獸估計得把茶几都掀翻過去。

「常清。」十秋微微的低下了聲音，意識他收斂一點，接著又轉過頭去看蘭薩特。「我也覺得不太合理，既然是參與資格選拔，就讓想要參加榮譽騎士資格賽的騎士去就好了，為什麼連我們儲君也要去摻和？」

「……原來你覺得不合理的是這個啊，我還以為你會稍微為騎士們說一點公道話。」雖然還沒搞清楚整件事情的來龍去脈，但聽懂了這句話的夏憐歌不禁僵硬的扯了扯嘴角。

十秋瞥了她一眼：「在不涉及到我本人的前提下，我覺得這活動還是挺有意思的。」

「……常清你有沒有一種被背叛的感覺？」

「妳別再說了！」悲憤的少年以一記捶桌回應了她。

蘭薩特沉默了好一瞬，最終無可奈何的開口：「但這是我媽決定的啊，我也沒料到她居然真的要在學院裡舉行結婚周年紀念，我還跟她說最近要忙騎士資格賽的事可能分不出身來，誰知道她會那麼乾脆的說『那就把這個當成是資格賽的預熱吧』，而且還要讓儲君們身先士卒……我也沒辦法啊。」

……原來還是你間接促成了這個反串活動的誕生啊？

而且為什麼結婚周年紀念要在學院裡舉辦！你媽媽究竟圖的是什麼啊？懷念青春嗎！？

「……彼方，我覺得阿姨只是在為她的周年紀念典禮找點餘興節目而已吧？」十秋扶了扶眼鏡，看起來似乎已經有點妥協了。

蘭薩特有些心虛的縮了縮身子，可終究還是嘆出一聲：「我也這麼覺得。」

「喂喂喂！你們是認真的嗎？騎士資格賽可不是兒戲啊！」常清看樣子還不死心。

而一旁終於稍微弄懂了這究竟是怎麼一回事的夏憐歌，弱弱的舉起了手：「我說……蘭薩特，既然在參加榮譽騎士資格賽之前還得先贏了這……什麼亂七八糟的比賽，那、那我可不可以乾脆棄權啊？」

本來她也是打算到時去比賽現場逛逛就了事，誰知在那之前還有個這麼荒謬的資格選拔賽，真是光想想頭就大了，這種麻煩的事情她一向不屑去做。

「妳說呢？」一意識到她的存在，原本氣勢還處於劣勢的蘭薩特不知為何一下子高大威嚴起來。「我已經幫妳把申請書遞交上去了。」

「就不可以退賽嗎？」夏憐歌有些糾結。

「會被扣學分。」

「……真是夠了！你們可不可以別什麼事都扣學分啊！」

「所以說，妳在擔心什麼啊，夏憐歌。」蘭薩特托起臉腮抿了一口紅茶。「妳也就穿個男裝而已，怎麼不想想我呢？明明和這事沒關係，我還得穿女裝去任由你們觀賞呢。」

「呃。」

這說的也是，跟女扮男裝比起來，好像確實是男扮女裝更加羞恥一點，也難怪十秋跟常清從剛才就一副世界末日來臨的模樣。

這時，一直待在旁邊默默無言、存在感無限接近於零的天光，突然若有所思的說了一句：「但閣下您不是也很喜歡穿女裝嗎？之前帕蘭特斯交換生那件事，您COS王女還COS得挺高興的呢。」

一句話讓蘭薩特的臉色頓時一黑，支吾了幾聲才慢悠悠的道：「我那是為了顧全大局。」

「但去年到帕蘭特斯帝國學院當交換生時，您不也很開心嗎？因為那邊是女校，原本也沒規定儲君一定要過去的。」面無表情的天光補刀補得相當順手。

其餘三個人的目光立即唰唰唰的往蘭薩特身上投了過去。

「說到這我也記起來了。」十秋的眸子一黯，「那時是你主動要求去當交換生的吧，彼方？」

「蘭薩特閣下……該不會這次的反串也是你提議的吧？」常清的殺氣已經漏出來了。

夏憐歌則是非常直接的迅速挪離了他身邊，注視著蘭薩特的眼神就好像是在觀賞噴火的哥斯拉一樣：「我、我、我一直都沒發現啊蘭薩特，原來你還有這麼不可告人的癖好……」

「夠了喔！我那次是在向她們展示我的美貌和奠基學院的地位！混蛋！」蘭薩特懊惱的拍桌而起。

所以說為什麼這兩者可以並排列在一起啊？而且居然還是「展示美貌」放在前面！你這傢伙根本就是想跟別人炫耀你長得好看而已吧！

「再說了，為什麼你會知道這些事！？」蘭薩特的目光一凜，下一秒，視線立刻瞪向夏憐歌。「妳都跟他說了些什麼啊夏憐歌！」

被冤枉的夏憐歌當即像隻被踩到尾巴的貓一樣跳了起來：「這關我什麼事啊！你為了穿女裝而去當交換生這事我也是第一次聽說好嗎！」

「什麼為了穿女裝啊！妳這混蛋給我說清楚一點！」蘭薩特抓狂了。「而且你們究竟都在擔心些什麼！夏憐歌，妳是我的專屬騎士，正式的騎士資格賽我可能搞不了小動作，但區區一個預賽而已，還是我媽舉辦的，妳以為我沒辦法讓妳過嗎！」

「……閣下您好像把您的心裡話說出來了。」天光事不關己的拿起餅乾嚼嚼嚼。

垂頭喪氣的常清一下子活了過來：「十秋閣下你聽見了嗎！」

「好吧，既然彼方都這麼說了，那我也……」十秋架了架鼻梁上的眼鏡，鏡片在電腦螢幕的藍光下閃得明晃晃。

「……拜託你們是儲君耶！別那麼齷齪！正直一點好嗎！」夏憐歌痛心疾首的吶喊著，緊接著立刻端正起坐姿換上一副正經臉。「不過既然是蘭薩特閣下的一番心意，那我就勉為其難的接受好了。」

「……誰要妳勉為其難啊！退下！」

◇◇◇

近一段時間學院裡到處都沸沸揚揚的，大家好像都在討論蘭薩特家族的結婚周年紀念典禮，和那所謂的榮譽騎士資格賽參與資格選拔。

也不知道為什麼，大多數人對這意義不明的預賽的關注，似乎比真正的騎士資格賽大得多，夏憐歌覺得八成是因為有儲君們的女裝坐鎮的緣故。真的不得不說，蘭薩特的媽媽也是經過深思熟慮的……

不過也正如蘭薩特所說，殿騎士聯盟和學生會基本上都在忙資格賽的事，也無暇去顧及其他了。所以他乾脆就把這個活動全權交給自己的母親策劃。「反正這事本來也就是妳提議的，理所當然也應該讓妳來負責啊。」

蘭薩特似乎是這樣子對他的媽媽說的，言下之意就是自己的事情自己做啦我很忙。

隨著預賽日子的逐漸逼近，其他參賽者都在擔心類似「肌肉太壯碩應該用什麼遮蓋」、或是「罩杯太大要怎樣藏起來」這種聽著讓人莫名不爽的問題，但夏憐歌的小日子卻仍舊過得相當快活，反正既然比賽內容是男女反串，估計也就是看看誰串得比較好看之類的，應該不會涉及到她所不擅長的體力運動。

……唔，雖然即使只是簡單的反串她也沒啥信心，但是都有蘭薩特保證的黑箱操作了，她還去煩惱的話簡直就好像辜負了他的好意一樣嘛。

於是夏憐歌依舊開開心心高高興興的迎接每一天，那個黑如深淵的夢境也一如既往的伴著她入眠，時間久了，她甚至不再感到害怕，而將它當成了夜半的收音機節目之類的存在。

只是今晚，那個夢境發生了些許的變化。

她看見一片蔚藍色的海洋。

像是一隻沉睡的獸，毫無波瀾的海在自己腳下安靜蟄伏著。

非常奇怪的，在這樣的一個夢境裡，她能非常清晰的感覺到自己變成了另外一個人。

又或者說，一直以來，她都是以那個人的視角在做著這些不斷重複的夢。

而這一次在夢境裡出現的事情，似乎發生得要比之前那些黑暗無邊的夢更早一些。

她好像正站在一個高聳入雲的燈塔上，面前有人在激烈的和自己爭吵些什麼。

然而周圍的一切都是朦朦朧朧的，夏憐歌覺得她好像走進了一幅被水浸濕的水彩畫裡，連帶聲音都被這霧濛濛的色彩壓低了下去。

夏憐歌竭力想要抹清自己的視野，可是不知為何，憤怒的情緒卻像一條蛇不斷的在體內到處遊竄著，她越是生氣，眼前所能看見的一切便越是模糊。到了最後她——或者說那個人終於忍無可忍的大喊：「那你就好自為之吧，我會把這一切全部稟告給閣下的！」

她決絕的轉過了頭。
然後她就看見了那片海。
蔚藍的、深沉的海，它依舊安靜的搖曳在自己的身下，像一幕從天邊延伸而至的水色的絲綢。
夏憐歌在墜落。
她墜入這片海裡，眼前的色彩從水藍變成深藍，再過度到一片暗不見天日的黑。
她又回到那個寂靜得幾欲讓人發瘋的惡夢裡。
柔軟的沼泥默默啃食掉皮膚與血肉，也一併將神智消磨殆盡。
夏憐歌終於明白了。
這個夢境會如此令人感到恐懼的原因，並不是這片虛無的黑暗，也不是那個空靈飄渺的女聲，而是因為實在是太寂寞了。
寂寞得簡直就好像她從來都不曾存在過一樣。
整個世界只有咕嚕咕嚕的、永不停止的水流聲。

——……欸？

然後「她」讓那些被抹殺了的時間重新流動了起來。

——那、那個……早。

聲音帶了點欣喜，又帶了點小小的羞澀。

——啊、啊，雖然這麼說，但其實我並不知道現在是早上還是晚上。

「她」有些不好意思的坐在身旁。

——你是新來的「夥伴」嗎？抱歉啊，我之前一直沒有注意到。

——……不過就算說出「新來」這個詞，這種地方也一定根本就沒有人想要來。

——你也是和天光一樣，不小心闖進來的吧？

說到這裡，「她」似乎有些失落的低下了聲音。

——……我知道你以後肯定也會離開的，但、但即使如此，在那之前，就先讓我們好好相處，行嗎？

——那個，你不回答的話，我就當你答應了喔。

接著「她」挪動身子，垂下腦袋輕輕的吻了上來。

——你好哦，我親愛的小客人。

夏憐歌是被一個軟綿綿的枕頭砸醒的。

她不悅的揉了揉惺忪的睡眼撐起身來的時候，就看見一位綁著雙馬尾的金髮美少女，正蹙著秀氣的眉氣呼呼的立在床頭瞪著她。

夏憐歌的思維短路了那麼一瞬，還沒反應過來，便聽到那美少女嬌嗔的喊了一聲：「夏憐歌！妳還想賴床賴到什麼時候！」

下一秒她立刻被一塊飛過來的黑不溜秋的東西罩住了視線。

還不怎麼清醒的夏憐歌一臉「……」的將腦袋上的東西拿下來一看，是一件咖啡廳的侍者服飾，白襯衫黑背心，下面還繫了一條黑色的圍裙，雖然是再普通不過的衣服，但倒也顯出了幾分制服系的誘惑。

「這是……？」夏憐歌還摸不著頭腦，那邊的金髮美少女已經不耐煩的抱著雙臂，說道：「趕快換上啊夏憐歌，連我媽的結婚紀念日妳都想遲到嗎？」

「啊？」愣了好幾秒才終於摸清了頭緒，夏憐歌頓時換上一張嫌棄的臉。「原來是蘭薩特啊，你幹嘛打扮成這樣？」

眼前的蘭薩特穿著白色的燈籠袖蕾絲襯衫，領口的蕾絲如薔薇般層疊綻放，前方還繫了一個酒紅色的蝴蝶結，從肩部延伸到袖子的兩道鋼琴褶令他的手臂看起來更加纖細修長。

而襯衫外面則套了一件酒紅色的無袖洋裙，微微蓬起的裙襬前方是一叢盛放的金色蒼蘭刺繡，兩道金色繡線由前胸延伸至交疊的下襬，將穿著者的身體曲線和裙子優雅的弧度一併勾勒了出來。

蘭薩特的腳下踏一雙深咖啡色的長筒皮靴，頭上戴著一頂右側點綴有蕾絲和羽毛的酒紅色呢帽，而他此時綁在腦袋兩側的金色馬尾正捲著非常漂亮的弧度。這一切無不讓原本就長相姣好的蘭薩特看起來異常的美麗迷人。

實話實說，夏憐歌嫉妒了。

她滿臉不爽的捏起那件侍者服在面前抖了抖：「這是什麼？是不是太大了啊？蘭薩特你

太敷衍我了吧？」而你自己就穿那麼好的衣服！

被莫名指責的蘭薩特當即炸毛了：「妳自己什麼都沒準備吧！我好心幫妳拿了件衣服妳還想怎樣！」說著，他又斜睨了夏憐歌一眼。「——而且，就妳這素質，給妳侍者服穿我都覺得是侮辱了這衣服。」

「你去死吧！長得漂亮了不起啊！」被嘲笑的夏憐歌憤怒的把衣服反扔了回去，但是被他一個閃身躲過。

蘭薩特有些煩躁的看了看手錶，然後說道：「那就給妳兩個選擇吧，一是穿著這衣服過去，二是裸著身體過去。」

「……沒有第三個選擇了嗎！」

「沒有。」蘭薩特秒答。

「唔……」夏憐歌咬了咬脣，一副忍辱負重的表情將地上的侍者服撿了起來。「那你出去啦！我要換衣服。」

「等等，在那之前……」蘭薩特的眼睛裡倏地冒出了光，一個反手不知道從哪裡抽出一條白色的棉布，一臉凝重的朝夏憐歌步步逼近。「雖然妳裹不裹胸都沒什麼區別，但為了保險起見還是裹一下好了。」

「喂、喂！開什麼玩笑！」見狀夏憐歌急忙將手護在胸前，踉踉蹌蹌的往後退去。「這個我自己來就好啊！你快滾出去啦！」

「妳的胸那麼小，妳能找得找嗎？」

「……如果我找不到的話你也不會找到的混蛋！你果然還是去死好了！」

在經過如打戰般砰咚匡啷的吵鬧聲之後，夏憐歌終於勉強將侍者服穿了上去。

大概因為不是專門訂製的緣故，服裝對她來說果然還是顯得太大了點，襯衫的雙肩鬆垮垮的垂了下來，過長的下襬又被隨意的塞進西褲裡，讓她整個人看起來顯得特別頹唐。與其說是反串，倒不如說她只是胡亂套上一件男生的服裝了事。

夏憐歌連妝都懶得畫了，甚至也沒有特意隱藏自己的長髮，只是隨便的在腦後打了一個髻敷衍。

蘭薩特上下掃視了眼前邋裡邋遢的夏憐歌好半晌，才終於認命般的撫住了額頭，嘆氣道：「啊算了算了，我本來也沒有對妳有太高的期望。」

走出宿舍的時候，天光正穿戴整齊的等在門外，像是一隻忠誠的小獵犬。倨傲的金髮美少女冷哼了一聲，晃了晃泛著光澤的馬尾便頭也不回的往前走去。

天光也不惱怒，逕自規規矩矩的跟在夏憐歌身後，一路上一句話都沒有說。

也不知為何，明明他平常就是這樣一副沉默是金的樣子，可夏憐歌卻覺得不發一言的他此時安靜得如此落寞。

「天光……？」她終於忍不住小聲的嘀咕了一句。「你怎麼了啊？」

天光抬起頭來看她，海藍色的眼睛裡碧波搖曳，沒有人知道裡面究竟都藏了些什麼。而後他又垂下了腦袋，像個做錯事的小孩子。

他說：「妳又夢見『她』了對嗎？」

「欸？」

「我聽到了，在妳的夢境裡。」

說著，他的聲音好像低落了下去。

「……『她』大概很喜歡那傢伙吧。」

那傢伙？

「可是……可是為什麼呢？」

似乎從來不為任何東西所動的海藍少年，竟然在這時露出了異常悲傷的神色。

「明明我才是第一個陪伴在她身邊的人，可是她最喜歡的為什麼不是我呢？」

◇　◇　◇

蘭薩特媽媽的結婚周年紀念典禮，是在都夏區臨海的一幢建築裡舉行的。夏憐歌跟著蘭薩特去到那裡時，才發現那建築建在淺灘之上，由兩條相交的形似拱橋的流線型支柱支撐而起，呈巨大的珍珠蚌形狀。

除此之外，方圓好幾里的地方便沒有其他建築，都夏區原本的喧囂無法滲透進來，好似這裡是一個被隔絕開來的寂靜之地。

而在那個「蚌」裡，則又是另外一副熱鬧的景象。

整座建築是透明的藍色，待在裡面可以清楚的看到外頭的景象，陽光照下來會被過濾成淡淡的蔚藍，腳下甚至還會泛起蕩漾開來的波紋，讓人彷彿置身於清澈見底的大海之中。

「蚌」裡倒也顯得異常寬敞，布置簡約卻又不失優雅，有擺放著精緻甜點的長桌子置於旁側，身姿挺拔面帶微笑的執事托著酒水在人群中穿梭著，隱隱有悠揚輕盈的鋼琴聲傳來，令人感到無比的安逸。而那些穿著嫻雅高貴的名媛紳士們，便在這愜意的環境裡一邊穿梭一邊細聲交談。

夏憐歌還是第一次看到這樣子的場面，瞬間有點無所適從了。她僵硬的拉扯著蘭薩特的衣袖，像隻害怕走失的貓般亦步亦趨的跟在他身後。

偶爾有幾個貴婦人過來和蘭薩特問好寒暄，在看到夏憐歌時不禁稍微露出了困惑的神色，上下打量她的目光簡直就好像是在評估一件劣質古董的價格一般，令她冷汗淋淋的雙手握緊了又鬆、鬆開了又握。不過那些人或許是看在蘭薩特的面子上，也沒怎麼針對她，僅是禮貌而生疏的點了點頭，便轉身離開。

「妳幹嘛啊，不用這麼緊張也沒關係。」見她一副跟見了蛇的青蛙般緊緊拉住自己的模樣，蘭薩特不禁覺得有些好笑。

「可、可是我是第一次……來參加這種……」夏憐歌躲在蘭薩特背後，要是沒扯著他的話，恐怕連雙手都不知道要往哪放好。

「別管那麼多，盡情享受就好。」

這種、這種有著莫名壓迫感的氛圍她哪裡享受得起來啦！連適應都適應不了好嗎！

而就在這時，前方又有一個修長的人影走了過來。

夏憐歌條件反射的就往蘭薩特身後縮了進去，半秒之後又忍不住抬起眼來看向對方。

那人穿著一身紫黑色的晚禮服，手上戴著一雙長過肘部的手套，微透的披肩遮住了肩膀，蓬鬆的絹紗裙襬層層疊疊，看起來如同是被風吹皺了的海浪，又像是簇擁起來的萬丈繁花，長長的後襬拖在身後，這使得對方每走一步，裙上的紋理便彷彿活起來了一般，浪花翻湧，花瓣落地。

夏憐歌直接就被來者那異常強大的氣場壓退了一步。那人定在蘭薩特面前，手執一把紫黑的羽絨扇，頭髮被高高的束在腦後，這讓對方看起來多了一份不可高攀的冷豔感。

夏憐歌頓時心下生疑。怎麼回事？看她這副直衝蘭薩特而來的架式，難不成是他的未婚妻之類的？

下一秒，這位被認為是儲君未婚妻的人說話了：「怎麼遲到了，彼方？阿姨的演講剛剛結束了。」

竟然是無比低沉的男音。

夏憐歌恍神了那一瞬間，緊接著手一抬往後一跳，指著眼前的人像見到什麼駭人的怪物般驚聲大叫起來：「等等！十秋、十秋朔月——！？」

這一叫，讓會場裡所有人的視線都聚集了過來。在看到兩位儲君之後，他們又頓了一下，各自裝作什麼事也沒發生的把目光移了開去。

「你這傢伙……我看錯你了啦十秋！」夏憐歌盡量的調低了自己的音量，可是還是按捺不住心中洶湧澎湃的波濤。

可惡啊！她原本還以為十秋穿起女裝來肯定是男不男女不女的，還等著看他笑話呢！結果……結果沒想到打扮起來也是個美人啊！混蛋！這將她身為女性的尊嚴置於何地！她已經徹底的輸了啊！

「我怎麼了？」十秋微斂起了雙眉，揚起扇子輕輕的蓋住了嘴脣。

「你之前不是還一臉不情不願的嗎！為什麼一穿起女裝就跟蘭薩特一樣High啊！」夏憐歌此時非常不滿。

「……這不叫High，這叫『尊重遊戲規則』。」十秋不緊不慢。「既然是無可避免的事，我當然要盡我的能力做到最好，倒是妳——」

說著，他合起扇子在夏憐歌腦袋上敲了一下，又轉過頭去看蘭薩特，語氣裡竟然流露出了一絲隱隱的無可奈何：「彼方，你怎麼可以放任自己的騎士穿得這麼敷衍出來呢，這簡直就是對制定這項規定的阿姨的侮辱啊。」

蘭薩特倒是無所謂的聳聳肩：「她底子就那樣，就算我再努力也……」

只是他話還沒說完，便被夏憐歌一聲怒吼打斷：「混蛋！十秋你別在這種問題上才認真好嗎！」接著往前跨出一大步，指向站在十秋身旁的一個高大的人影：「而且你有什麼資格說我敷衍！你的常清呢！難道他現在這樣子就很負責嗎！」

話音剛落，她那如烈火般熊熊燃燒的氣勢，便被女僕裝的常清一個凶惡的眼神澆滅了下去。

「……」十秋沉默了那麼一瞬間。「我覺得女僕裝已經挺不錯的了，不是把他的肌肉都遮起來了嗎？」

才怪！那他手臂上跟大腿上的那些是什麼！雞肉嗎！要是真想遮住肌肉的話，拜託選擇長款的女僕裝啊！

「我知道妳在想什麼，夏憐歌，但是他說長款的行動起來太礙事。」

「……」夏憐歌無語了，看了十秋身後除了將往常的制服換成女僕裝之外什麼都沒做的金剛芭比一眼。「所以就連假髮都懶得戴了嗎？」

「……嗯。」十秋難得哽咽了一下，半晌之後又忍不住用合起的扇子抵住額頭。「所以我說，身為儲君的騎士，你們別全都只在這種會讓支配者難堪的地方相似好嗎？」

旁邊的常清有些不悅的叉腰反駁：「不要拿我跟這傢伙比啊，十秋閣下。」他伸手鄙夷的指了指夏憐歌，「我可是經過深思熟慮的，穿那種長長拖拖的裙子的話，等一下跑起來多不方便啊。」

「……你所謂的『深思熟慮』，就相當於普通人在思考今天晚上吃什麼好之類的問題嗎？」夏憐歌壯起膽子一把將常清指向自己的手揮開，過了好一會兒才突然抓到他話中的重點，問道：「等等，你剛才說『等一下跑起來』是什麼意思？」

「妳不知道？」常清一臉狐疑的望著她。「當然是指榮譽騎士資格賽的預賽啊。」

「咦！？」夏憐歌心裡頓時生起了不好的預感。「預賽不就是指反串比賽嗎？不就是大家站一起選選美而已嗎！」

「這怎麼可能，妳腦子沒問題吧？」常清嗤笑了一聲。「這可是在判定妳有沒有參加騎士資格賽的資格，光長得好看有什麼用啊？」

喂喂喂不是吧！聽起來好像非常不妙的樣子啊？

夏憐歌一個責問的眼神瞪向蘭薩特：「蘭薩特！你什麼都沒和我說！」

對方一臉無辜的攤了攤手：「妳又沒問。」

「混蛋……」

夏憐歌咬牙切齒，躡手躡腳的往後退出一步，正打算潛逃，而就在這時，一身黑色燕尾服的蒲賽里德不知從哪裡冒出來，笑盈盈的張開雙手，自然而然的摟住兩位女裝的儲君的肩膀，招呼道：「嗨，兩位尊貴的閣下，還有閣下的騎士們，玩得還開心嗎？哎呀，那邊的小羔羊——」

一句話讓夏憐歌邁出去的步伐頓了頓，她還沒來得及應答，滿面春光的蒲賽里德又一把將她逃跑的可能性堵死：「是要去為預賽做準備的嗎？也是啦，把你們接往比賽現場的直升機都已經在外面等著了——」

尾音剛落，那邊的常清立刻伸過手來夾住夏憐歌的脖子往外走去。「啊走啦走啦，免得等會被丟下了。」

「咳、咳！別勒著我啊！我要棄權！我不玩了啦——天光救我——」

被拖著走的夏憐歌胡亂蹬著雙腿，一臉悲憤的四處尋找幫手；然而只有在這種時候才得以凸顯存在感的少年此時卻不知跑到了哪裡，夏憐歌掃視了周圍幾圈卻依然沒有找到他的夏憐歌，心裡頓時湧起了一陣絕望。

在旁邊圍觀的蒲賽里德優哉游哉的朝他們揮了揮手：「祝你們好運！」

「嗯，好運。」十秋擺出正經臉。

「放心，夏憐歌，有我呢。」雖然是這樣子說著，但被她口中的「天光」刺激到的蘭薩特，現在卻是一副漫不經心的、懶得去管她死活的模樣。

有你又能怎樣！你難道還能幫我比賽嗎！

夏憐歌流著血淚在心裡默默的咆哮。

還有蒲賽里德你絕對是故意的吧！故意挑在那種時候跑出來！你這個混——蛋——！等我回來肯定饒不了你啊！去死啊啊啊啊——！

◇　◇　◇

目的地是不知道坐落在何處的一個非常巨人的泥地。巨大到你站在泥地一頭的話，幾乎沒辦法望見它的盡頭是哪裡。

從直升機上下來的時候，夏憐歌只瞧見周圍都是高聳蔥蘢的大樹，藤蔓和扎人的雜草繞在腿邊，感覺他們現在就好像在一處叢林裡。

完全沒想到島上居然還有這種地方，要不是泥地裡放置著一堆大小不一、錯落有致的石塊，配合周圍的景色夏憐歌會以為這是一個可怕的無底沼澤。

這到底是要幹什麼……？

夏憐歌眼角抽搐的看著眼前的泥地，心中不祥的預感愈加強烈。

等到奇裝異服的參賽者們陸陸續續到達的時候，上空突然緩緩飄來了一個色彩斑斕的熱氣球，蒲賽里德那欠扁的聲音就從熱氣球上的擴音器裡傳了出來——

「哈～囉～各位參賽選手們，很榮幸今日能夠看到你們活躍的身姿，這裡是此次比賽第一賽的C區現場，下面我將為選手們介紹比賽內容和規則……」

等等！他剛才說什麼了？第一賽？意思是比完這場還有嗎！？

震驚過度的夏憐歌完全沒有認真去聽蒲賽里德接下來的話，等到清醒過來時才急忙求助於身邊的常清。

常清有些不耐煩的橫了她一眼：「妳剛才在走什麼神啊……他說因為人數太多了所以分成了好幾個比賽區域。」

「不是啦，我是問具體的比賽規則。」

「也沒什麼吧，就是從這個泥地的起點跑到終點，不過要從那些石塊上通過，掉進泥地裡就算輸，能跑完全程的就順利過關了。」

「就這麼簡單？」

「唔，好像還說會提問什麼問題來著……」

還沒等她繼續仔細的問清楚，熱氣球裡便又再次傳來了在夏憐歌聽來異常幸災樂禍的聲音：「那麼，比賽即將開始，請選手們各就各位——啊，對了，這次比賽將由我們殿騎士聯盟進行轉播，宴會上的貴族們都能欣賞到各位那令人心動的英姿哦。」

讀作「英姿」寫作「笑話」嗎……這還不如不要！而且你們殿騎士聯盟究竟是幹什麼的

啊？都跟莫西那輔導員一樣是打雜用的嗎！

夏憐歌一邊恨恨的瞪著那個熱氣球，一邊跟著身邊的人群一起小心翼翼的爬上了泥地裡的石塊。其實雖然說是「起點」，但是一開始的石塊並不都是在同一條水平線上，所以也要看你有沒有那個能力搶到靠前一點的位置。

哎呀……不過既然只要跑完全程就好，那麼站前站後也無所謂啦。

這樣想著，夏憐歌又開始目測起石塊之間的距離，近的話只有幾十公分，稍微踏出一小步也能跨過去，但是遠的話竟然有將近三米……這、這個要怎麼辦啊？她跳遠可是從來只在及格線上飄過而已耶！難道只能像鼯鼠一樣整個人飛撲過去嗎！？

她還沒想好應對方案，上頭便已經打了發令槍。「砰」的一聲，讓所有人的肌肉全部緊繃了起來。夏憐歌也沒能去想太多，正隨著大流急匆匆的想一步踏到面前不遠的石塊上，結果熱氣球上又突然乍響的聲音讓她腳下一個打滑，差點一頭扎進泥地。

真是的！蒲賽里德那傢伙究竟在幹什麼啊！

夏憐歌憤然的穩住了腳步。男生那清脆的聲響簡直就跟惡魔的笑聲一般飄蕩在上空——

「好了，現在是第一問──」

欸？第一問？這就是剛才常清說的「提問」什麼的嗎？

「我們都知道，蘭薩特夫人非常鍾愛的寶石『波塞冬』曾經一度丟失於海裡，而由於海神的眷顧，它最終被找回了。那麼請問，『波塞冬』是怎麼被找回的呢？」

喂！

這不是那什麼榮譽資格賽的預賽嗎？為什麼會問這種問題啊！搞得好像什麼大型綜藝節目的提問環節一樣，你好歹問一下跟正式比賽有關的事情啊！雖然就算問那個我也不會答就是了……

下一秒便有一大堆寫著字的卡片從熱氣球上紛紛揚揚的撒了下來，夏憐歌還沒弄清楚是怎麼回事，就聽見蒲賽里德用異常歡快的語氣解說：「各位看見了嗎？正確答案便隱藏在這些卡片中，雖然數量不止一個，但也是有限的哦。」

「另外請記住，每前進到一個石塊上便會提問一個問題，一定要拿到正確答案才可以前進至下一個石塊，搶跑者將被除去資格。到了終點會有人檢查你所拿的卡片，拿錯或者拿漏了卡片同樣算輸喔。各位，拿到你心屬的答案了嗎——」

混蛋啊！

聽完解說的夏憐歌差點化身超級賽亞人開始毀滅現場。

拜託那些卡片可是漫天亂飛的啊！他們的活動範圍又只限於石塊上，要是落在旁邊的剛好沒有正確答案怎麼辦？又不能跑進泥地裡找！

還沒把思緒理清，夏憐歌忽然就看見身旁黑影一閃，常清像隻沖天的雄鷹往上高高躍起，在如雪般翻飛的卡片中看似隨意的抽出一張，緊接著翻了個身穩穩當當的落在了遠處另一個石塊上，揚起脣角冷哼了一聲。

……是啦如果你穿的不是女僕裝的話，這一連串動作做下來一定超帥的。

不對啊常清你是猴子轉生嗎？動作要不要這麼靈活啊！還有我一直覺得你腦袋不太好為什麼這次卻反應得那麼快？十秋肯定把「套題」的答案都事先透漏給你了吧！可惡啊蘭薩特你看看別人的支配者多貼心！

「還沒拿到答案的選手們要快點喔，我們馬上就要進入到下一個問題了——順便說一下，在第二問開始時還沒前進的選手將當作棄權處理哦☆」

蒲賽里德你話中的愉悅已經徹底的漏出來了啊！

夏憐歌急忙蹲下身子翻找著卡片，掉在附近的好些卡片已經被泥浸糊了，完全看不見上面寫的什麼，幾個不幸在她身旁一腳踏空的選手又濺了她一身的泥水，那一瞬間她險些就生出了「啊算了聽天由命吧」的想法。

「唔……這張上面寫著『美人魚送過來的』。……他們擬這種答案究竟是想幹嘛？這張寫著『其實根本就沒有丟』……喂，自重一點好嗎？還有這張……呃，『吃魚的時候吃出來的』？」

夏憐歌頓時感到一陣脫力，正想著「果然還是別掙扎聽天由命好了」時，腦海裡突然冒出自己之前和天光的對話。

——那你為什麼又要離開「她」呢？

——被一尾路過的討人厭的魚吃掉了。

啊，這樣說起來的話，其實真的有可能是在吃魚的時候找到的？

不過時間也沒能容她細想，上方的蒲賽里德已經開始惺惺作態的咳嗽了，夏憐歌慌忙的把那張卡片撿起來，邁出一步踏到前面的石塊上。

「那麼第二問開始啦，請注意你們身邊的動靜——」

咦？

所有人都條件反射的安靜了下來，泥地裡也隨之傳來了一陣異樣的響動。

夏憐歌額上頓時劃下三道黑線，總覺得又有什麼不好的事要發生了一樣……

而就在這時，她根本就連緊張感都沒來得及積聚起來，便看見離自己前方不到五米遠的泥地裡倏地竄出一道影子，如一隻靈活的怪獸般猛地朝自己迅速游了過來。夏憐歌愣了一下，定睛一看才發現，那居然是一隻巨大的鱷魚！

搞什麼啊！為什麼會突然出現這種東西！牠還張大了長滿獠牙的嘴朝自己撲過來啊！拜託誰快來告訴她那只是特效而已！

夏憐歌下意識的就想逃，可是那一瞬間她的腿就如同被定住了一般，動都動不了，且好像還不止她眼前這一隻，四周開始陸陸續續出現令人心悸的撲騰聲和起伏的叫喊，而見證了這一混亂場面的蒲賽里德在熱氣球上一副事不關己的歡快的說道：「大家看清楚了嗎？這些都是蘭薩特家族飼養的鱷魚哦，猜猜牠們是什麼品種？」

然後又開始嘩啦嘩啦的灑卡片。

現在不是說這種事的時候啦！鱷魚要咬過來了！牠要咬過來了！牠——

說時遲那時快，已經成功跳到下一個石塊上的常清驀地一把掀起女僕短裙，大腿上竟然綁著一個黑色的槍套！他也不遲疑，從裡面抽出槍來三兩下裝填好彈藥，對準撲往夏憐歌的鱷魚就是一擊。

並沒有意料之中的槍響，只聽見「咻」的一聲，那隻鱷魚頓了一下，接著像中止了發條的玩具般軟了下去。

夏憐歌還呆滯的定在那裡沒有反應，常清已經轉了一圈把鱷魚全部解決掉了。一直在看熱鬧的蒲賽里德發出了「噢噢——」的讚嘆：「看來有一位選手使用麻醉彈幫助大家清除了危機，真是樂於助人的好榜樣。不過提醒一下，第三問馬上就要開始了哦——」

這時夏憐歌那被嚇傻了的思緒才慢慢恢復過來，整個人跟脫了力似的跌坐在石塊上，旁邊的常清邊將槍收進槍套裡、邊「嘁」了一聲：「果然我還是不喜歡使用遠距離武器。」

他現在這模樣在夏憐歌眼裡簡直就是閃閃發光的救世天使！

經過了這一輪，已經有不少人因摔進泥地慘遭淘汰，也有一些被鱷魚嚇到自動認輸的女生直接躲到一旁開始「常清大人好帥！」、「常清大人加油！」的當起了啦啦隊。

那條昏迷過去的鱷魚還躺在夏憐歌的腳邊。夏憐歌無言的看著牠，心裡正想著「要不要也乾脆棄權算了」的時候，耳側卻突然莫名的傳來了一個男聲：「奧里諾科鱷。」

欸？

「我是說，蘭薩特閣下家裡養的是奧里諾科鱷，答案在這裡。」那男聲剛落下，夏憐歌就看見一張卡片順著一道藍光緩緩的飄了過來，她伸過手去將它接下的時候，稍微愣了愣，忍不住問了一聲：「天光？」

但是回頭四周張望了一下，卻沒有看見少年的身影。

坐在熱氣球上的蒲賽里德也不知道為何，驀然發出了若有所思的長嘆：「哎呀哎呀……這邊一位落難的小羔羊，好像受到『守護靈』的眷顧了呢……」

可是天光卻並沒有回應她。

好像剛才的一切，只不過是她的錯覺一般。

令人匪夷所思的比賽仍舊的進行著，所提問的問題也大多跟蘭薩特家族有關，像是「彼方．蘭薩特的娃娃親對象是誰？」、「蘭薩特家所占土地面積是多少？」之類的。

夏憐歌簡直不知道自己到底是怎麼堅持下去的，好在一遇到不會的問題天光就會默默的伸出援手，到最後，渾身泥水、像是從戰爭裡逃出來的饑荒難民的夏憐歌，終於勉強抵達了終點；只是她還沒來得及感嘆自己終於解脫了，便又被呼啦呼啦飛過來的直升機帶到下一個比賽現場。

真是有如惡夢般難過的一天。

渾渾噩噩的夏憐歌回過神來，蘭薩特正拿著一盤蛋糕在她面前晃啊晃的說道：「幹什麼？怎麼一副無精打采的樣子？」

夏憐歌懶得正眼看他，似乎連抬眼皮都是一種煎熬。「你把我剛才做的事情全部重複一遍試試？」

之後她才發覺其實第一場比賽還算簡單了，接下來的都是些什麼「結合了攀岩的歌曲接龍」、「結合了高空彈跳的借物比賽」之類的，幾場比賽下來夏憐歌感覺自己全身的骨頭好像都要散架了般，要不是偶爾善心大發的常清把她架回來，夏憐歌估計就要直接死在哪個不為人知的深山裡了。

而在比賽結束之後宴會還沒有結束，所以剛把髒兮兮的侍者服換掉的她不得不重新回到那個淺藍色的「蚌」裡去，只好找了個僻靜的角落開始昏昏欲睡起來。

「別擔心，夏憐歌。」蘭薩特又拿著蛋糕往湊近了她。「妳肯定能通過預賽的。」

「……廢話！每一場比賽我可都是順利完成任務的好不好！」

說起來就生氣！你之前說過的暗箱操作究竟表現在哪裡啊？真暗箱的話拜託讓我贏得容易一點好嗎！

蛋糕那甜甜的誘人香氣不斷在她鼻子前搖來晃去，夏憐歌動了動手指，又覺得身體痛得好像要斷成幾十截一般，乾脆直接毫不客氣的張大了口：「啊——」

蘭薩特看得好笑，順手就切下一塊來往她嘴裡餵過去。

夏憐歌懶洋洋的窩在沙發裡，嘴巴像蓄滿食物的倉鼠一樣鼓了起來，一邊咀嚼著一邊不滿的抱怨：「所以說這些比賽究竟是誰想出來的啦……一點意義都沒有，感覺好像就是為了為難人一樣。」

誰知她那毫無力氣的尾音剛落，身側突然就傳來了一個甜美卻又充滿了威懾力的女聲。

「是我策劃的，妳有什麼意見嗎？」

夏憐歌條件反射的望過去，是一名美得幾欲令人窒息的金髮女性，長長的髮絲宛如融進了璀璨的驕陽般披散而下，她身著白色的抹胸魚尾禮服，飄揚的絹紗裙襬摺出了玫瑰的形狀，讓她看起來彷彿一位被花朵簇擁的女王，顯得尊貴而高傲。

此時，她正邁著優雅的步伐走過來，那張異常美麗的臉看起來與蘭薩特有七分相似，只不過多了三分的成熟與嫵媚。

蘭薩特一看見她就站直了身子：「媽媽，妳怎麼到這來了……」

「噗——」結果他話還沒說完，夏憐歌就驚得一下子將口中的蛋糕咳了出來。

等……等等？蘭薩特的媽媽！？

自己剛才還說想出那些比賽的人是想為難人……嗚哇哇！

時間好像頓時停滯了數秒，蘭薩特媽媽的表情稍微崩裂了一點：「這就是妳歡迎我的方式嗎？」

「不、不是的！」夏憐歌連身體上的痠痛都顧不得，立刻站定立正，差點就再一踩腳行上一個標準的軍禮。「對不起失禮了！那、那個，伯母好！」

結果嘹亮的吼聲又惹得一堆人紛紛注目，蘭薩特媽媽的臉色直接就沉了下來。

嗚……嗚啊……

不擅長應付這種場面的夏憐歌滿頭大汗，腦海裡只有「快點來個時空隧道把我傳送走吧」的奇怪想法。

在旁的蘭薩特急忙打圓場：「媽媽妳別太在意，這傢伙嗓門就那麼大，跟我吵架的時候……」

「吵架！？」一聽到這個詞，蘭薩特媽媽瞬間像是被啟動了開關一樣，皺著眉一步步的朝夏憐歌逼近。「妳以為我家彼方會隨便餵人吃蛋糕的嗎?有此等殊榮的妳居然還和他吵架!」

「欸,伯母,那個我……」

「而且妳還收了彼方的『波塞冬』吧?如果朔月是女孩子的話,妳以為還輪得到妳來收嗎!」

「啊,果然還是在很在意娃娃親的事啊……」

「閉嘴!彼方居然連這事跟妳說了嗎?嗚啊啊啊所以為什麼朔月不是女孩子!這根本就是上帝的惡作劇!」

「唔,其實不是蘭薩特跟我說的……」

「不過話雖如此!」說著,蘭薩特媽媽又往前踏出一步,居高臨下的直勾勾盯著夏憐歌。「既然『波塞冬』已經給妳了,我也不會這麼不解人情的將它要回來。」

……啊?

原本她都做好了把「波塞冬」還回去的準備,可是聽到這句話時夏憐歌頓時愣住了,忍不住開始小心眼的想對方是不是會為了報復而提出什麼奇怪的要求來刁難自己。

而蘭薩特媽媽卻是突然雙頰一紅，「哼」了一聲撇過臉去：「妳別搞錯了！我可不是承認了妳是我兒、兒媳的身分！『波塞冬』只是暫時交給妳保管而已，如果妳做得不好的話，我一樣會拿回來！」

說完，她又驕傲的冷哼了一聲，提起裙子頭也不回的揚長而去，留下一臉不明所以的夏憐歌呆呆的站在那裡。

「……怎、怎麼回事？」夏憐歌轉過頭去看蘭薩特，憋了好久才憋出一句不著邊際的話來。

「我也……沒說過要當她兒媳啊？」

「蠢貨！」蘭薩特看起來似乎有些生氣，抬起手來敲了一下她的腦袋。「妳這都看不出來嗎？我媽媽其實很中意妳啦！」

「咦？不是吧，我真的看不出來……」一聽他這麼說，夏憐歌禁不住有些受寵若驚。

「要不然她早就把『波塞冬』收回來了啦。」蘭薩特環起雙手嘆了一聲，接著有些得意、又有些寵溺的笑了起來。「剛才在看比賽現場轉播的時候她就一直在說『欸，這女孩子不錯呀，這樣子都能堅持下來，要換作我的話早就放棄啦』之類的，所以別看她的態度那樣，其實她還是認可妳的。」

說著，他又無奈的攤開了雙手。「嘛……我媽媽就是彆扭這點不好。」

「嗚哇……」聽到這種話瞬間有些不知所措了，她還是第一次被人這樣表揚呢，而且那個人還是蘭薩特的母親……

也不知為何，心中的喜悅竟像啤酒中滿溢出來的氣泡般，不斷咕嚕咕嚕的往上湧，為了掩飾自己那飄飄欲仙的心情，夏憐歌急忙的假咳了一聲，隨口將話題轉了開去：「嘛……這麼說來真不愧是蘭薩特的媽媽呀，傲嬌程度不相上下呢嘿嘿……」

「咳！」

一聲略顯不悅的輕咳立刻將夏憐歌驚得三魂不見了七魄，她定了定神，才發現本來已經離去的蘭薩特媽媽不知何時又靠了過來，心中瞬即血淚長流，恨不得狠狠的搧口無遮攔的自己幾巴掌。「不、不是的！伯母，我的意思是……」

蘭薩特媽媽臉色陰沉的斜睨了她一眼：「我本來是想來跟我的彼方，還有妳——當然了，妳只是順便而已——一起參加晚宴，看來有人不是很喜歡我呢。」

「完全沒有那回事啦！伯母！」夏憐歌當即諂媚的靠了上去。「我跟妳說哦，其實傲嬌是個非常萌的屬性……」

見夏憐歌越說越離譜，還有母親那越來越難看的神色，這邊的蘭薩特急忙衝上去打圓場：「哈哈哈她神經就這樣大條，媽媽妳別和她一般見識。啊對了對了，不是說等一下還會有個壓軸的節目嗎？我們去找爸爸吧。」

說著，他又拉了拉夏憐歌：「走啦走啦。」

這樣大概……可以算是見家長了吧？

夏憐歌此時正跟蘭薩特還有他的父母待在一個布置豪華的房間裡。晚霞逐漸逼近，天邊那絢麗的色彩越過透明的牆壁，將整個房間也染成淡淡的紫紅色。

蘭薩特的父親是一位舉止溫柔、談吐風雅的紳士，沒事總愛說奇怪的冷笑話逗妻子開心，平時對她亦是千依百順，著實是一位令人羨慕的模範丈夫。

蘭薩特說母親那些任性的小脾氣都是爸爸慣出來的，惹的一旁的夏憐歌特別想吐槽「你一任性起來也完全不輸給你媽媽啊」。

「那個……剛才蘭薩特說的，壓軸節目是什麼啊？」夏憐歌也不算是特別會說話的人，跟他們一起待久了，總覺得有點不自在。

「等一下就知道了喔。」蘭薩特爸爸故作神秘的抬起手壓在脣邊，漂亮的藍眼睛眨呀眨，看得夏憐歌差點就撲過去抱著他的大腿流口水。

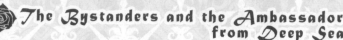

蘭薩特媽媽坐在沙發上，透過牆壁去看那片廣袤的海灘，傍晚的大海在沉默的咆哮著。她突然轉過頭來，孩子氣的半瞇著眼看向夏憐歌：「哼哼，妳知道這附近為什麼除了我們現在所處這座建築外，沒有其他東西了嗎？」

「啊？」夏憐歌一下子被問愣了，條件反射就擺出一張若有所思的臉。「那個哦……我看到時也覺得好奇怪，總感覺這樣無緣無故的空出一大片地方出來……好浪費的樣子。」

結果這一回答把蘭薩特的爸爸逗笑了，而蘭薩特媽媽則又拉下一整張臉。

「哈哈哈，我也覺得超浪費的，明明就不是什麼大事，還煞有介事的把這一塊地都圈出來……哎喲！」話還沒說完，他就被妻了狠狠的擰了一下手臂。

夏憐歌還搞不清楚狀況，旁邊的蘭薩特就忍著笑按了按她的肩膀，說道：「妳又踩到我媽媽的雷點了。」

「欸！？」

「那個海灘其實是我爸爸媽媽第一次相遇的地方啦，後來媽媽就把這邊劃了出來當做紀念，這座蚌型建築也是因為爸爸當時送了一個貝殼給媽媽，所以才建起來的。」

……嗯，該怎麼說呢，果然這種鋪張的作風跟蘭薩特一模一樣的呀。

不過這話她沒敢說出來。那邊蘭薩特媽媽已經在和自己的丈夫鬧彆扭了：「好吧，你說浪費是吧，那乾脆把壓軸節目也撤銷算了！」

「哎，好啦好啦是我錯了，別生氣了嘛。妳看看外面，已經開始了哦。」

所有人都條件反射的隨著他的話語往外頭望去。

夏憐歌有些愕然的瞪大了眼睛，在這蚌型的建築之外，那本應該是布滿了晚霞的天空此時竟然有如白晝般明亮！而在這種異樣的景象之下，那滿是沙礫的海灘，也與原本夏憐歌所看到的海灘有了細微的變化：水位似乎要淺了一些，灘上落滿了各式各樣小巧美麗的貝殼。而最大的不同，則是在海灘上，憑空出了一位身著支配者制服的金髮少女！

她剛才並沒有看到這名女生啊？

然而把視野放得再大一點，夏憐歌又發現了另外一個奇怪的地方。

外面的景象看起來好像是由兩個毫無關聯的空間硬是拼接起來一般。

這麼說吧，眼前這種詭異的場景，就好像在外面有一個巨大無比的「螢幕」，她現在所瞧見的這幅「白天的海灘與金髮少女」的景象，全都是在這個「螢幕」上放映出來的。而在「螢幕」之外，則是這個海灘本應該有的正常景色——晚霞和無人到訪的海。

「這是怎麼回事……？」蘭薩特一臉驚訝，看來他也對這所謂的「壓軸節目」一無所知。「媽媽，那名少女……不是妳嗎？」

夏憐歌嚇了一跳，仔細一看，少女那美麗的臉龐確實像是和蘭薩特媽媽長得一模一樣，只不過和現在的相比，要多了一些稚嫩和青春。

這時，「螢幕」上又出現了一名穿著騎士制服的少年，正邁著小心翼翼的步伐朝少女走了過去。如夏憐歌所料，那少年就是年輕時的蘭薩特爸爸。

「嘿嘿，這是我和這傢伙相遇時的場景。」蘭薩特媽媽拉了拉丈夫的衣袖，原本氣呼呼的臉此時卻洋溢著動人的甜蜜。

「海市蜃樓……嗎？」蘭薩特撫著下巴自言自語，但不消一秒便否決了這個猜測。「不對，海市蜃樓不可能看起來如此真切……」說到這，他又像是突然想起了什麼似的，狐疑的問了一句：「難不成是『幻想具現』？」

「怎麼可能是那麼虛幻的東西啊！」蘭薩特媽媽不屑的撇撇嘴。「這可是如假包換的，我和你爸爸相遇的場景哦。」

「什麼意思？」

「啊哈哈，你媽媽可是動用了相當多的人力物力呢！」蘭薩特爸爸笑著揉了揉兒子的腦袋。「她讓過去的時空與現在的時空重疊了。」

「……欸──！？」聽到這話的夏憐歌不由自主的驚呼了一聲。「這、這麼說，那『螢幕』裡出現的確確實實是你們……年輕時相遇的那個『時空』嗎！？」

「『螢幕』？啊啊……看起來的確是像在放電影一樣呢。」蘭薩特爸爸溫柔的揚起眉眼。「沒錯哦，那『螢幕』裡出現的，既不是幻想也不是錯覺，而是真的存在的哦，只是和現在的時空不一樣罷了。要是妳現在過去的話，還能跟他們接觸和對話呢。」

說著，他又有些無奈的苦笑起來：「不過呢——這個嚴格來說也算是『時空錯亂』吧，所以建議你們不要這樣做哦。」

蘭薩特媽媽橫了他一眼：「你這麼說是在怪我任性妄為囉？」

「我哪敢啊——」

那充滿了兩人回憶的場景就這樣在他們的打鬧聲中漸漸的消散開去，紫紅色的晚霞開始顯現出來，外面又恢復了以往那再普通不過的景象。

夏憐歌其實完全沒有去注意他們到底是如何相遇的，從那「螢幕」出現之際，她的腦袋就一直被另外一件事情占據。

蘭薩特低垂著腦袋，同樣是一言不發。

「蘭薩特……？」夏憐歌低聲的喊了他一句。

「……我們好像想到一起去了。」蘭薩特輕笑了一聲，「三年前那所謂的『幻想具現』事件……我們好像被擺了一道呢。」

「但是也不能就這樣斷定吧？」夏憐歌囁嚅：「我們又沒什麼證據……」

「我一直覺得奇怪，那場如此浩大的戰爭怎麼可能僅憑一人之力就製造出來？相比起『幻想具現』，我更傾向於那是由『時空重疊』造成的。」

「那麼當初那個犯人，也是黑騎士聯盟推出來掩人耳目的？」

「有可能。」頓了一下，蘭薩特又再次陷入深思。「不過，黑騎士聯盟重現幾百年前那場戰爭的時空又是為了什麼？還是說……他們想重現的其實並不是戰爭，那只不過是一場意外？」

像是驟然想起了什麼，他的眼神一下子沉了下來。

「還有，如果那次事件真的是『時空重疊』的話，那我的失憶……是因為我看到了什麼不該看的、重現於現實的幾百年前的場景嗎？」

「妳之前進入我的『記憶』中所找到的那一段對話，又代表了什麼？」

——抱歉，我並不認識你。

——你怎麼可能不認識我？你明明、明明就是——

「倘若我真的看到了生於數百年前的人，對方不認識我是理所當然的，但是我為什麼會認識對方呢？」

「——而那個人，究竟是誰呢？」

03

人魚・水族館・騎士資格賽

「蘭、蘭薩特閣下的那個騎士？」

「就、就是那個為了對付幽靈，可以把飛艇全部弄下來，為了捉到襲擊交換生的吸血鬼，就把直升機直接擊落的儲、儲君的騎士少女嗎？」

夏憐歌的腦袋霎時嗡的短路了幾秒。

……等一下！那是什麼傳聞啊！我只是個普通少女而已！

The Qualifying Round to Be a Knight.

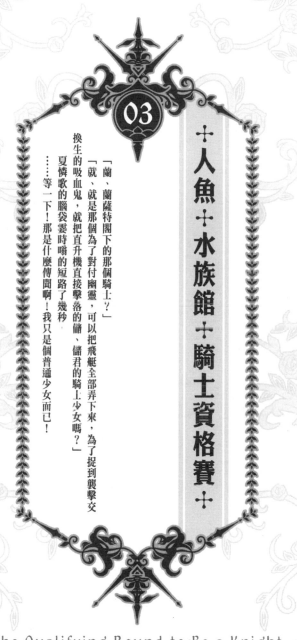

三年前那場「幻想具現」事件的真相變得更加撲朔迷離了，在這之後蘭薩特也有想去調查一下，可根本就無從查起，因為造成那場戰爭再現的原因——無論是「幻想具現」抑或是「時空重疊」，全都只是他們的猜測而已，壓根就沒有直接證據可以證明，結果搞得蘭薩特有好幾天都處在相當低的氣壓之中。

在蘭薩特父母的結婚周年紀念典禮過後的沒幾天，便是榮譽騎士資格賽了。夏憐歌原本以為這個學院肯定又會勞師動眾起來，結果卻是出乎意料的低調，沒有宣傳橫批，沒有島上媒體廣告，只是偶爾在角落看見公告和海報，如果不是結婚紀念典禮上鬧得沸沸揚揚的預賽，甚至有些新生連榮譽騎士資格賽是什麼東西都不知道。

參加賽事的騎士得提前一天到南港海洋遊樂場裡的麥斯特飯店集合。夏憐歌一直磨磨蹭蹭的，等到了那邊的時候天已經黑了。她在一樓的大廳裡隨意吃了點東西，便一臉疲憊的往二樓走了過去。

剛到房間裡放下行李，轉過頭來的時候就看見神出鬼沒的天光直愣愣的站在自己身後，幾天沒怎麼看見他差點都把這人給忘記了，夏憐歌頓時被嚇得哇哇亂叫，等好不容易平復了心情之後，她才捏緊枕頭不悅的吼了一聲：「天光你為什麼又跟過來啦！」

是說以後要跟過來你先說一聲嘛！要不然會嚇死人的好不好！

「我說過了，主人，我沒辦法離開妳。」天光倒是顯得異常無辜。

也不知道為什麼，一句話竟然讓夏憐歌的火氣全都消了下來，她想起了那個除了黑暗什麼都看不見的夢，想起了天光心心念念的「她」，心裡突然湧起了一絲莫名的愧疚。

「……吶，我說天光，你現在還想回去海裡嗎？」沉默了好久之後，她才鼓足了勇氣開口問道。

然而這樣的問題，卻讓天光那原本一直鎮定自若的表情出現了一絲裂痕。

比起悲傷，那更像是在面對一件自己永遠都無法理解的事情時的疑惑。

「……我不知道。」

少年淡淡的嘆息。

「她喜歡的不是我，而且我現在身負守護妳的職責。我本不應該再有那種想法。」

「……可是我還是想念她。」

「非常、非常、非常的想念她。」

「就算住在她心裡面的那個人不是我，我也……想要永遠的陪伴在她身邊。」

這些話語不由得令夏憐歌心裡一滯。

她記得拉斯維亞曾經說過，物品的感情總比人的要來得更純粹些。

是啊，如此純粹，純粹得即使知道對方愛的並不是自己，依然可以拋棄這個斑斕的世界，去往深深深深的寂寞海底。

只是為了想陪在她身邊而已啊！

想到這裡，夏憐歌的脣邊不由得泛起一絲苦澀的笑容。

「抱歉啊，天光。」

她握緊了口袋裡的「波塞冬」。它是蘭薩特贈予她的瑰寶，寄託了無數人的愛與思念，她沒有辦法就這樣子放棄它。

「我……無法達成你的願望呢。」

她是如此的自私與卑劣。

天光的眼神黯了下去：「沒關係，我知道的。」

夏憐歌有些不忍，還想說些什麼的時候，外頭忽然傳來砰砰砰的敲門聲。

她一驚，條件反射的就把目光移向門口，再看回來時，原本立在眼前的海藍色少年已經消失得無影無蹤。

夏憐歌還沒反應過來，門就一下子打開了，蘭薩特一副若無其事的樣子大剌剌的走進來。「夏憐歌，我剛剛好像聽到妳在跟誰說話，怎麼回事？」

原來是這個混蛋！還有這種囂張的態度是怎麼回事！

夏憐歌頓時無名火起，吼道：「有你這樣進女生房間的嗎！」

對方跟沒聽見似的，大大方方的往床上一坐，命令道：「今晚妳就陪我睡吧。」

頓時宛若驚雷劈下，夏憐歌的腦袋瞬間短路了三秒，緊接著連忙一個勁的往窗邊退，緊張吼道：「你要幹嘛——」

見蘭薩特的眼神瞟了過來，她一個臉紅，急忙抱起桌上的花瓶擋在胸前。「混、混蛋！騎士不是用來陪睡的啊！你不是我說胸部小嗎！我充其量也就A罩杯而已，A而已喔！」

「誰要知道妳這些啊！」蘭薩特一個「閉嘴！」的眼神扔了過去。「我只是臨時決定來觀賽，但到飯店時房間已經沒了，才過來妳這的。晚上八點後遊樂場就會封鎖做場地檢查，到比賽結束為止都不會讓其他人進出，以免作弊，就算是儲君也不可以例外——說起來，妳剛才到底在跟誰講話？」

「還能跟誰啊！你不是都已經說了除了參賽者不許其他人出入了嗎！」

「……嘛，也是。」說著，他輕輕的嘆了口氣，一副勉為其難的樣子巡視了一下房間，完了嘖嘖兩聲鄙夷的看著夏憐歌：「雖然有點難以忍受，但也沒辦法了。」

……到底誰更難以忍受點啊！

夏憐歌幾乎想把手上的花瓶擲到他臉上。「別委屈您了，閣下！麻煩您去找十秋，你不是只讓他陪著的嗎！」

「十秋又沒來，這種比賽有什麼好看的。」

「……那你跑來幹什麼啊！」

蘭薩特一下怔住，雙頰好像泛起了詭異的緋紅色，半晌才惡狠狠的瞪了眼夏憐歌一眼。

「妳管我！」

「……你還有什麼資格發脾氣啊！一個大男生跑來女生的房間好意思嗎！」

「有什麼不好意思，妳以為大家會覺得是我對長著一張雜草臉的妳圖謀不軌嗎？」他故意說得陰陽怪氣，還憋出個楚楚可憐的動作蜷縮在沙發一角。「在妳擔心自己名聲問題的時候，其實大家更怕我會被妳夜襲……」

夏憐歌實在忍不住了，想扔花瓶又不敢，只好抄起一旁的沙發靠墊一個個往他砸過去。

「夠了！蘭薩特！你這個死自戀狂！快點滾出去！滾出去！」

蘭薩特見她發飆，覺得又好玩又好笑，她砸過來他就往另外一邊躲。夏憐歌沒砸著，氣得臉都綠了，甩手就上去打。蘭薩特偏頭閃開，一把扼著她手腕往身前用力一扯，夏憐歌驚叫一聲，差點沒撞在他懷裡。

她的臉倏地紅了，開始氣急敗壞的掙扎起來：「放開我啊你這混蛋！」

蘭薩特由得她掙，也不放手，半晌後才沉著聲在她耳邊說：「聽著，夏憐歌，明天的榮譽騎士賽別爭什麼名次，進去逛一圈，待到時間結束出來就行。」

她聽得一怔，停住動作盯著蘭薩特。對方一臉不耐煩的撇撇嘴問道：「聽到沒有，夏憐歌？」

「為什麼？」

蘭薩特眸色一黯，鬆開了手，百無聊賴的坐回床上去。「參加賽事的騎士都相當優秀，妳比不過來的，就別勉強了，免得受傷。」

既然這樣的話，你乾脆就連預賽也別讓我參加嘛。

雖然心裡是這樣想著，可他的語氣難得溫和，話也說得不難聽，夏憐歌心中驀然騰起一陣暖意：「我知道了……」

「嗯。」蘭薩特點頭，托著杯子啜了口茶。「那今晚我就睡這。」

「等等這是另外一碼子事！」剛才的心動一下子被掃得灰飛煙滅，夏憐歌尖叫起來，大手一揚往房間掃了一圈嚷嚷：「這裡只有一張床！你睡了我睡哪？我明天要參加賽事，你又要我睡沙發嗎？」

「King Size的床都不夠睡，妳的睡姿到底多難看啊夏憐歌？」

「你的意思是你要睡我隔壁嗎！」

蘭薩特高傲的仰著柚木色的眼眸看她，「有什麼問題？」

「問題可大了——！我可是女的，你這種理所當然若無其事的要求女生跟你同床共枕的態度是怎麼回事啊！」夏憐歌幾乎想揪住他領口一巴掌掃過去。

蘭薩特颯然站起身來，理了理壓著的袖口，忽然湊過身指著夏憐歌的鼻尖，兩人的臉近在咫尺，四目相對。他像是在宣布什麼神聖的事情一般，微微揚起了嘴角：「我將是未來擁有這個島的人，將得到與管理這裡的一切，而與我共枕而眠的人，必須站在我的身邊毫無條件的支持我，溫柔體貼，可成事，有主張，能包容……」

夏憐歌皺了皺眉頭，越聽越不對勁，大喊了一聲打住他：「你跟我說你的擇偶條件幹嘛啊！」

對方迅速擺出鄙夷的神色瞥了她一眼，語氣淡淡的說道：「我是告訴妳，妳有多榮幸。」

夏憐歌速答：「我不稀罕，你趕緊走。」

……什麼鬼榮幸啊。

「就這麼定了，我今晚睡這裡。」

蘭薩特卻無賴了起來，踢掉鞋子脫了外套就往被窩裡鑽去，金髮散了一枕。夏憐歌看他躺在那裡開始醞釀睡意的模樣，一種異樣的感覺猛地油然而生，把剛才生出的火都給澆滅了大半。

蘭薩特因為ESP的緣故，一直以來都只讓自己最信任的十秋守著睡……而現在，他卻願意在她面前展露自己毫無防備的睡顏，是不是意味著，在蘭薩特的心裡，她也是一個特殊的存在呢？

唇角不自覺的翹了起來，夏憐歌放柔了目光，又聽見他在被窩裡低聲的喃喃：「我的騎士，為我唱首安眠曲吧。」

「你以為自己幾歲啊？還要人唱安眠曲——」嘴上這麼說，夏憐歌卻在一邊的床沿上坐了下來，有些好笑的問道：「想要聽哪一首？」

「《Summertime》吧，我好久沒聽了……」他的聲音漸小，像個小孩子一樣在被窩蠕了幾下。夏憐歌笑出了聲，伸手掖了掖被角，看著蘭薩特睡覺的模樣，輕聲哼唱了起來。

「Summertime and the livin、is easy……」

蘭薩特側躺在那裡，細長的睫毛輕輕顫動著，彷彿夜間睡在花蕊上的蝴蝶。她忍不住又湊近了些，伸手探向他的鼻尖。蘭薩特呼出的均勻氣息濡濕了指腹，看樣子應該是睡熟了。

真是的，蘭薩特你是豬啊，還沒躺下十分鐘就睡成這樣。醒著的時候就一副飛揚跋扈的樣子，這樣一睡，看著倒也挺人畜無害的。

心裡有著說不出來的自豪和甜蜜，夏憐歌伸出食指，在他軟軟的臉頰上戳出一個小酒窩：「There、s a、nothing can harm you……with me standing by.」

像是察覺到她的動靜，蘭薩特的眼睫動了動，癟癟嘴：「嗯……」

夏憐歌嚇了一大跳，像隻無措的猴子一樣跳了起來，連耳根子都紅了，勉強裝出一副若無其事的模樣來掩飾自己剛才的舉動，卻瞧見蘭薩特翻了個身，喃喃的夢囈著：「嗯……夏憐歌……妳……唱得……難聽死了……嗯……破嗓子……好難聽……」

……一口氣直竄上夏憐歌心口，腦海中忽然炸開惡魔般咆哮的聲音——

殺了他！趁這傢伙沒醒趕緊殺了他算了！

◇ ◇ ◇

夏憐歌睜開痠澀的眼睛，發現自己裹著被子躺在柔軟的大床上，窗外面一片黑沉沉的，她有些迷茫的按了按沉重的腦袋，自己剛才好像唱著唱著就趴在床沿邊睡著了……怎麼就到床上了……

側頭一看，發現蘭薩特不知何時已經醒了，正一副專注的樣子，坐在床邊的高背椅上批閱著什麼，一大堆公文把一旁的桌子都堆得滿滿的。

她又抬頭去看對面牆上的落地鐘，凌晨三點。

「你怎麼醒了？」夏憐歌撓了撓蓬鬆的頭髮，聲音裡都帶著沉沉的睡意。

「儲君的工作多著呢，妳以為我跟妳一樣清閒嗎？」蘭薩特頭也不抬。「這些文件要在兩天內批好，剛才小憩了一會，已經足夠了。」

……這不跟日理萬機的皇帝一樣？難怪每次他睡覺的時候總能很快的進入狀態……

正這麼想著，蘭薩特忽然低著聲音說：「趕緊睡，妳明天還有賽事。」

「喂，你真不睡啊……打算這樣審閱到天亮嗎？」看到他周圍那一堆疊得如小山一般的文件，夏憐歌頓時又有點可憐他。

蘭薩特抬起了頭，似笑非笑的盯著她半晌，露出了曖昧的笑容：「妳這是在期待我跟妳同床嗎夏憐歌？平時沒少對我想入非非吧？」

「誰——誰期待啊！誰對你想入非非啊！你這個死自戀狂！」被他這麼一激，夏憐歌一下子清醒了過來，拿起披在枕頭上的枕巾用力一絞，猛地就朝他抽過去。

她正在氣頭上，也沒有多考慮力度，沒想到蘭薩特躲都不躲，枕巾啪的一聲就甩到了他臉上。

蘭薩特痛得低下頭摀著臉呻吟，夏憐歌心裡一抽，愣在一旁也不知道該怎麼辦，這人把他那張臉看得比命還重要，要是傷到了他的臉，一氣起來搞不好就把她扔到直布羅陀海峽去餵魚了。

這麼一想，夏憐歌立刻條件反射的把凶器甩到一旁，慌慌張張的撲上前扶著蘭薩特。

「對、對不起！我不是故意的……你平時不是很會躲嗎，剛剛怎麼都不躲一下，痛不痛，啊？我看看？」說著，她就去扳他罩在臉上的手。

蘭薩特痛得哼出了聲：「妳膽子挺人的啊夏憐歌，居然敢打我……」

夏憐歌也知道自己下手重了，忙不迭道歉：「對不起對不起，我看看……」

「別、別動，弄到眼睛了！」蘭薩特叫道，單睜著一邊眼睛看著她，淚光閃閃的，頰上紅了一塊。

「很痛嗎？」夏憐歌看著都覺得可憐，聲音也輕了起來。

「妳試試看！」他悶聲說著，不知怎麼的，話裡居然也沒有什麼底氣，只是直勾勾的瞧著夏憐歌。

她連忙去拿毛巾，泡了熱水來給他敷，心中愧疚不已。

用熱巾焐了大半個小時，蘭薩特才悶悶的說道：「妳睡吧，我沒事。」

「真的沒事嗎？」夏憐歌小心翼翼的看了他幾眼，結果對方卻惡狠狠的把毛巾扔過來。

「囉嗦，叫妳睡妳就睡！這是命令！我要忙的東西多著，別妨礙我！」

她沒敢頂嘴，嘟囔了幾句就爬回被窩裡重新躺下，閉著眼睛卻怎麼也睡不著。

就在這時，她忽然聽見那邊傳來檔案夾翻動的窸窣聲音，緊接著是蘭薩特躡手躡腳的走路聲。

夏憐歌半闔著眼睛假寐，等那聲音漸漸的遠了，她才睜開雙眸，發現房裡的燈光已經全都滅了，只開了左側一盞水晶百合狀的床頭燈，光線昏黃而柔和。

蘭薩特抱著一疊檔案坐在外廳的沙發上，那邊只開著兩盞壁燈，他的側影被打下來的燈光映在地上。夏憐歌看在眼裡，心頭突然漾出了幾分暖意，說不明白的感覺。

她就那樣一邊盯著蘭薩特的影子看，一邊想他到底在幹什麼。蘭薩特許久才換個姿勢動一動，那影子透過玻璃暈了開來，也跟著晃了晃。不知道看了多久，夏憐歌才漸漸起了睡意，不知不覺睡了過去。

◇　◇　◇

難得睡到自然醒，夏憐歌呆呆望著畫滿了星座圖的天花板好一陣子，才起身大大的伸了個懶腰，穿戴好衣物，輕手輕腳的往外廳探出了頭。

蘭薩特站在外廳中央理了理胸前的領帶，看著夏憐歌那探頭探腦的模樣，心情極好的勾起了唇角：「時間也差不多了，妳趕緊洗洗臉，一起吃早餐去吧。」

一想起昨晚那種微妙的氣氛，夏憐歌就覺得全身像是被定住了一般僵硬起來，蘭薩特卻是一副若無其事的模樣，她也只好硬著頭皮跟在他身後，一起往樓下的餐廳走去。

用過早餐後，兩人便開始前往比賽地點。因為參賽者要先經過排檢，所以跟觀賽的人不是一個組列。參賽騎士是跟第一批園內觀光巴士先前往比賽地點的，為避免影響賽事，觀眾則是跟隨另外一批觀光巴士前往賽區邊緣，集體乘坐飛艇進入賽區，只允許從空中觀看賽事進行，各個飛艇上也會有專門的放映室，直播各區賽事情況。

夏憐歌上了巴士，靠窗坐在第一位，扭頭繫安全帶的時候剛好透過車窗望見站在幾米開外的蘭薩特，正一動不動的盯著自己看，兩人的目光一碰，她的心臟騰倏地竄上嗓子眼，耳根都發起熱來。

怎麼回事，夏憐歌！

這麼在心底吶喊，夏憐歌不知所措的想另外尋個視點避開蘭薩特的目光，卻忽然看見那邊的金髮少年高高的揚起手來，朝自己比了一個加油的手勢。他的脣動了動，似乎還說了句什麼，夏憐歌卻已經聽不見了。

騎士賽在十點正式開始，參賽者在車上時分別領到一枚銀色的獅鷲盾徽章，用於資料記錄和衛星定位，必要時可以利用徽章來求救。

因為每個參賽者的比賽開始地點都不同，觀光巴士會載著參賽者到系統分派的始發點逐一放下。至於比賽項目與勝出條件，參賽者可在比賽開始之後到遊樂場的非人工服務點用徽章查詢。

夏憐歌被丟在了摩天輪旁邊，正在不知所措時，摸出手機來看，九點五十五分，只剩下五分鐘就可以查詢比賽規則。

她一邊算著時間，一邊按照指示板的指示找到最近的非人工服務點，把徽章按了進去。出來的竟然是蒲賽里德那惹人厭的聲音——

「歡迎你參加本屆的榮譽騎士資格賽。你好，我是本次賽事的策劃與監督，聖殿騎士聯盟的管理者蒲賽里德。如需瞭解本次賽事規程，請按1；如需查詢賽事進行情況與淘汰名額，請按2；如需人工服務，請按3。」

夏憐歌心想，這人畢恭畢敬的唸這種話時還真容易撩起人強烈的蹂躪欲，於是手指一個勁的往重複唸誦鍵戳去，戳夠本了才慢悠悠的按下了「1」。

「本次榮譽騎士賽的規則非常簡單，不限方式奪取三枚其他參賽者的徽章，然後逃往遊樂場碼頭的燈塔。在最短時間內完成的前十二名參賽者，就是此次榮譽騎士賽的優勝者。那麼，祝你好運。」

聲音啪的斷掉，緊接著徽章就從機器裡吐了出來。

夏憐歌心下叫糟，她原本以為這次比賽大概就像定向越野賽那樣，找東西蓋印章，最先到達就勝利，現在這麼看來，居然是生存淘汰賽嗎……而且參賽者的體能都是經過預賽千錘百鍊的，弱也弱不到哪去啊，這下就算不想折騰也得折騰。

……嗯，雖然比賽規則沒像那所謂的預賽那麼亂來已經很好了。

遊樂場碼頭是在南邊，而夏憐歌現在所在的位置是遊樂場中部的摩天輪附近，兩地離得不近也不遠。

沒辦法了，總之在不被淘汰的情況下，盡量熬到結束吧。

夏憐歌這麼想著，把徽章放進口袋，又查了一下遊樂場的地圖，打算找個隱蔽點的地方躲起來。

沒走多久就是一條遊樂街道，一路過去都是射擊水球和槌娃娃的攤位，卻沒見一個人。再走幾步，眼前突然出現一隻兩米高的小丑娃娃。她正一陣驚嘆，準備上去捏兩把，卻忽然聽見身後傳來一陣吵雜聲。

無法去顧及其他，夏憐歌嚇得趕忙躲到那個小丑的身後，下一秒就聽見有人在前方怒吼道：「你不是說他跑這邊來了嗎？人呢！」

接著腳步聲紛雜，另一個聲音啐道：「媽的，我就不信找不出這人！」

「臭小子，這回我一定要把上次的仇給報了……」

夏憐歌小心翼翼的探頭看了看。外頭站著四人，似乎是結夥而來的。這種搶奪淘汰賽一個人行動最危險，通常都會結夥抱團，然後一塊去搶落單人的徽章，這種做法是最卑鄙也最明智的。也不知道是誰倒楣，被他們盯上了。

夏憐歌悻悻然的縮回腦袋，打算先逃開這裡再說。剛一轉身，就聽見有人接了那群人的話，聲音不曉得從哪裡傳來，還帶了幾分囂張的笑意：「哈哈哈，笑死人了，報仇？就憑你們嗎？」

……奇怪，這聲音怎麼這麼耳熟。

那邊的人又一陣亂叫：「就是這傢伙，在衝鋒賽和預賽上可囂張了！」

有人似乎已經抄傢伙了，拿在手裡啪啪的拍響：「我今天就要把你打扁！」

夏憐歌心裡一陣涼，雙拳難敵四手啊，那人怎麼打得過？要出去幫忙嗎？等等……就算出去也是兩個打四個，同樣無濟於事啊，該怎麼辦？

她還在「要出去見義勇為呢，還是站著見死不救」間躊躇不定，那個落單的倒楣鬼忽然側了側身，側臉頓時落進夏憐歌的瞳孔裡。

夏憐歌一愣，等等，這傢伙不是……不是常清嗎！救命啊她撞見誰不好居然撞見他！這傢伙那逆天的攻擊力可是跟他的個性一樣飛揚跋扈啊！

還沒從震驚中回過神來，就見常清朝那邊的人露出一抹張狂又不羈的笑，緩步走到旁邊一個展覽用的銅騎士鎧甲旁邊，把騎士手上的銅矛扳了下來，握在手裡往身前一劃，直指著眼前的人，揚眉挑釁道：「來吧，我看你們誰能夠碰我一下？」

話音剛落，就有人抄起了旁邊的球棒劈頭衝他打去，常清往後一仰避開了攻擊。那人見沒著手，又提臂一個橫掃。常清倒是遊刃有餘，又是俐落的側身一躲，球棒就挨著他的鼻尖掃了過去。

夏憐歌看得額上都冒出了冷汗，這一擊要是真打上了，鼻梁鐵定都碎了。

旁邊另外三個騎士見那人沒撈著便宜，便大喝一聲，紛紛拿上傢伙前去幫架。一堆球棒當著常清的腦袋打下，只見他往下矮了下身子，手裡的銅矛猛地一擋，就把攻勢架住了。

看著看著，夏憐歌心裡焦急了起來，他們那報私仇的架式不是鬧著玩的……雖然常清的戰鬥力的確很爆表，但終究也只是個平凡人，不知道能支撐多久……四個打一個搞不好真會出人命啊。

這麼一想，她也顧及不了那麼多，隨手拿起一旁放著的釣魚桿子，一把扯掉釣線，捏在手裡就衝了出去，邊衝邊大聲喊著：「住……住手！」

五個人的局勢本來就緊張，突然冒出一個人，也不知道是敵是友，頓時都被嚇得一怔，紛紛側過了臉往夏憐歌看去。

一見到她，常清的眉宇立刻一皺：「是妳啊……」

另一邊的人見常清這麼說，一下子就把她當成來幫打的，棍子一甩衝夏憐歌喊道：「媽的，來個女的！」

這群人沒打到常清，正恨不得有人出來當靶子，一看見夏憐歌，全都在瞬間轉移了目標朝她走來。

夏憐歌剛才熱血一湧就衝出來救人，也沒考慮自己打不打得過。現在一想到她的力氣跟武器都比對方矮了一截，頓時握桿子的手都軟掉了，早知道剛才就躲一邊看熱鬧算了！看常清也沒有挨打的樣子啊！

常清看出了她的膽怯，喊了一聲：「白痴，快滾！」

夏憐歌看了看常清，又看了看正提著球棒朝自己走來的人，一轉身準備腳底抹油，結果抬起的腳還懸在半空沒踏下去，那邊突然傳來了一句：「等等，這女的不是儲君的騎士嗎？」

整個世界一下安靜了下來，對面四個人齊齊端詳著夏憐歌，不知道怎的，表情越來越古怪，到了最後差點都變青了。

「蘭、蘭薩特閣下的那個騎士？」

「就、就是那個為了對付幽靈，可以把飛艇全部弄下來，為了捉到襲擊交換生的吸血鬼，就把直升機直接擊落的儲、儲君的騎士少女嗎？」

夏憐歌的腦袋霎時嗡的短路了幾秒。

……等一下！那是什麼傳聞啊！我只是個普通少女而已！

「這女的嗎？騙、騙人的吧……」

當然是騙人的啊！

「這麼厲害為什麼騎士衝鋒賽不見她參加……」其中一人直直盯著她手中的小桿子，像是看見AK47一樣，一個勁的向後退。

旁邊的人也跟著退：「這人連直升機都能直接擊落的啊！讓她參加怎麼得了！太可怕了！」

……怕你個頭，你們到底是從哪裡聽來這些奇怪的流言啊？

「不、不然你以為一直不收騎士的蘭薩特閣下為什麼選中了她？」

「別打了先快跑！」

說完，那四個人已經把手中的傢伙全部劈里啪啦的丟在了地上，離弦箭似的跑掉了。

從一個手無縛雞之力的少女一下子晉升為最終兵器的夏憐歌，無所適從的站在原地。

常清抱胸看著她半晌，從鼻尖發出輕蔑的笑：「就妳這樣子也敢出來幫忙，真笑死人了。」說著便將手裡的銅矛丟到一邊，把拳頭按得劈啪響：「妳要是不出來搗亂，這四個徽章我是收定了。現在倒好，都被妳弄跑了。」

……是啊早知道我才不出來幫你呢！為什麼我要在這種時候念及同事情誼啊！

感受著他身上散發出的危險氣息，夏憐歌嚥了嚥口水，忍不住往後退了一步，「……那你想怎麼樣？」

常清咧開嘴，露出了特別爽朗的笑容：「那就請把妳的徽章給我吧。」

她愣了一下，皺起了眉緊緊捏住拳頭，擺出一副警戒的狀態。

不是吧……好歹也是相識一場，他怎麼能這樣？

常清看了她一會，突然哈哈大笑起來，緊接著從口袋裡掏出七、八個徽章，朝她露出了一臉輕蔑的神色：「騙妳的，搶妳的也太沒成就感。」

開賽還不到三十分鐘，這人居然就拿到了這麼多徽章！

夏憐歌錯愕得看著他手上閃閃發光的徽章，還沒反應過來，就看見他揀了三個往自己手裡一放，有些不滿的冷哼了聲：「十秋閣下交代過，如果看到妳，要好好關照一下。」

她將徽章捏在手裡，心裡說不清楚是什麼滋味。

常清一把按住她的肩膀往前推去：「走，我送妳到碼頭去。」

咦！？

夏憐歌立刻剎住腳步，「不、不用了，我自己過去就行。」說著，她又有點不好意思的撓撓頭髮，「那個……徽章謝謝了。」

常清有些不悅了：「讓妳走就走，囉嗦。」

說罷就逕自扯著夏憐歌跟他組隊了。

兩人一路往南，沒多久就到了一處平橢圓形的巨型建築前，看來像是展館的入口，外牆鋪的都是玻璃，應該是遊樂場裡面的地標性建築。

夏憐歌看了看不遠處的路道指示牌——水族館。

常清二話不說就帶著她進去。大堂裡空蕩蕩的，只有他們的腳步聲在裡面不斷迴盪著，聽起來甚是怪異。

夏憐歌被常清拉進觀光電梯裡，昏黑的光線在這狹小的空間中不斷閃爍，四面都是暗淡的藍色燈光跟水草飄舞的影子。她看著常清按下了「-3」這個數字。

夏憐歌疑惑的眨眨眼：「去負三層幹什麼？」

「這個遊樂場有一半的面積是建造在海面上的，為的是讓下面這個迷宮水族館與海底連通。」常清優哉游哉的聳聳肩，「而水族館的另外一個出口就在碼頭，所以從這裡走過去的話路程省多了。」

正說著，電梯「叮」的一聲停了。磨砂玻璃製成的電梯門往兩側緩緩移開，拂面而來的空氣冰冷又溫柔。

外頭是條寬大的海底走廊，呈拱狀的頂邊掛了一列吊籃，藍色的射燈幽幽的亮著，打在玻璃廊壁上折射出一片湛藍。廊外的海域能看見五彩斑斕的游魚，而電梯出口的地方剛好鑿建在一片朱紅色的珊瑚礁群裡，能清楚的看見穿梭其中的魚群，還有蠕蠕飄動的海葵和海百合。

「這是……直接連在海裡的嗎？」夏憐歌敲了敲電梯內壁問。

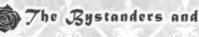

「對。」常清闊步邁出去，按著電梯門示意她跟出來。

夏憐歌四處張望，看著這壯觀的景色，不禁「哇」了一聲。剛走出電梯時，耳畔卻忽然傳來「嗡」的一聲巨響，震得耳膜發痛。她驚叫著一把摀住耳朵，然而那聲音卻分毫不減，彷彿直灌入腦海，響得夏憐歌頭暈發顫，幾乎要吐出來。

常清皺眉看著她怪異的反應，過來穩了她肩膀一把。等那聲音漸漸的減弱了，夏憐歌才回過神來，揉了揉被震疼的太陽穴，不禁問道：「什麼聲音……？」

常清不明所以的反問：「聲音？哪裡來的聲音？」

「你沒聽見？」夏憐歌瞪大了雙眼。

常清搖了搖頭，「沒聽見。」

夏憐歌一下子呆住，連忙定下神來再仔細聽，但是聲音卻都沒有了。她有些狐疑的皺起了眉頭，難道她中暑了嗎？

「難道是聽到珊瑚礁的聲音了？」常清在一旁打趣。

「那是什麼？」

「聽說珊瑚礁能發出聲音，引來給棘皮動物和魚群作為食物，有的聲音幾公里外都能聽見。」

夏憐歌揉了揉耳朵，「不……應該不是那種東西，可能中暑了，有點耳鳴。」語畢，她又突然想起什麼似的，擺出一副見到鬼的吃驚表情望向常清。「等等！這不科學！在設定裡我們兩個不是應該一樣蠢的嗎？為什麼你會知道這些！？」

「……妳找死啊夏憐歌？」常清握緊的拳頭喀嚓響了一聲，「我就不能偶爾看看《動物世界》？」

夏憐歌頓時被這童趣又無法反駁的回答噎了一下：「……好吧。」

「嘖。」常清似乎已經開始不耐煩了，瞥了她一眼惡狠狠的道：「沒事了就快走，別磨磨蹭蹭了。」

夏憐歌唯唯諾諾的應了聲，連忙跟在他身後順著走廊走了去。

水族館是由縱橫交錯的海底走廊接成的，路多而複雜，如果不是常清這樣熟悉內部結構的人指引，壓根不可能走出去。走廊之間大概每隔五十米就會有一個圓形的廊堂，中間是一根雕琢著人魚圖案的巨型大理石柱。常清說這是當初建立時用來定位走廊走向的，現在柱子內部連接著外面的通風管。

夏憐歌也沒多在意，兩人走過三四個廊堂之後，走廊開始比之前的大段路寬闊許多。為了避免影響海域，廊燈還用了特別的照明燈，瓦數不高，發著昏昏暗暗的藍光，四周都被一種混沌冰涼的顏色包圍著，身前和身後都彷彿陷入了無垠的黑洞之中，腳下偶爾滑過的幾尾游魚，都能激起夏憐歌一手臂的雞皮疙瘩。整個空間裡除了腳步聲之外，一切都靜謐得出奇，宛若墜進了一個詭異的次元，叫人渾身不自在。

忽然，一個微妙的聲音穿插了進來，和著腳步聲的節奏，有規律的咯咯響著。

夏憐歌被驚得頓下了腳步，縮瑟的回頭：「常清，你聽見聲音了嗎……」

不知哪來的一陣冷風帶過，她的腿都開始發軟了。

「又有什麼聲音？」常清也跟著停了下來，有點厭煩的看了她一眼。

「身後似乎有人跟著，多了個腳步聲不是嗎？」

一聽她這麼說，常清頓時警戒了起來，「唰」的一聲從背後抽出一根黑色的管子，夏憐歌還沒來及得感嘆「究竟是從哪裡抽出來的」，就見他右手握著一頭，一甩一抽，啪啪兩聲把關節扣接合起來。

……居然是把折疊刀……

他向夏憐歌打著眼色：「我去看看。」說罷，回頭往剛才經過的廊堂走去。

腳步聲漸去漸遠，就在它快要消失的時候，夏憐歌剛才聽到的聲音忽而又清明了起來，咯登咯登的在四周迴盪，分外響亮。隱隱的，有一陣夢囈般的歌聲緩緩飄過耳畔……

夏憐歌猛地一震，忍不住高聲尖叫起來，拔腿就往常清離開的方向跑。

跑步帶起的冷風像是一把尖銳的利刃，颳得臉頰疼痛，夏憐歌卻不敢停下來。那歌聲還在耳邊圍繞著，彷彿唱歌的人一直依附在自己背後一樣。

「憐憐。」

突如其來的呼喚讓夏憐歌停住了步伐。

這聲音……這個她朝思暮想的聲音……

「憐憐……」

呼喚聲再次響起，夏憐歌猛地轉過身去，只一眼，霧氣氤氳的眸子幾乎就要落下淚來。

立在幾米開外的人，白衫烏髮，容顏和煦，竟然就是她尋找了兩年的哥哥，夏招夜。

那瞬間，以為是拉斯維亞的短暫念頭在夏憐歌的腦海中閃了過去，但一想又不對，拉斯維亞不是已經消失掉了嗎？

那麼……

「哥哥……」夏憐歌幾乎不敢相信眼前所見到的一切。「真的是招夜哥哥？」

少年卻不再說話了，只是默默的看著她。

眼淚開始簌簌的往下掉。這兩年來，她想夏招夜想得都快瘋了，有多少人說他死了，她從來不信。她不惜一切來到這個學院，為的就是找到他。

在看見夏招夜那一瞬間，夏憐歌覺得所有的委屈都值得了，像是要盡情的發洩一般大哭了起來：「你去哪了啊！你這兩年都去哪了啊！招夜哥哥……」

夏招夜不應話，神色哀傷的看著夏憐歌，眸色又黯下了幾分。

就在這時，廊堂那邊傳來了急切的腳步聲，常清一邊匆匆忙忙的跑過來一邊問道：「發生什麼事了？怎麼叫得這麼……」

在看到夏招夜的一瞬間，他整個人像是被雷劈中一樣滯住了，表情變得駭然又古怪，喃喃喚道：「招夜大人……」

夏憐歌一愣：「招夜大人？」

那邊的夏招夜輕輕朝他一笑，那一抹笑容從唇角拉扯開來，竟像是點進水裡的墨一般化了。夏憐歌驚叫一聲，撲過去想要攔住，整個人卻從少年越來越淡的身體裡穿了過去。再回過頭時，他已經彷彿青煙薄霧一般，融在空氣中不見了。

剛才所發生的一切好像是一場不真實的夢境，夏憐歌低頭看著自己空空如也的雙手，眸光有些渙散。

好一會兒她才回過神來，眼神直直盯住站在面前的常清，問道：「……你為什麼叫哥哥『招夜大人』？」

常清卻像是沒聽到似的，露出了困惑的神色，臉上的表情是夏憐歌從未見到過的，似乎還帶了一絲不易察覺的慌張：「不可能……怎麼會是夏招夜……但是我的感覺是不會出錯的……」

是的，夏憐歌知道，常清最引以為傲的就是他那如野獸般敏銳的第六感。當初長得跟夏招夜一模一樣的拉斯維亞，他一眼就認出了那不是真正的夏招夜。

一個可怕的想法漸漸浮現在夏憐歌的腦海裡，她渾身都忍不住輕輕顫抖起來。

常清並不是擅長偽裝的人，當初看到他撞見拉斯維亞時那種莫名的反應，她本來就應該有所懷疑。

「常清你……為什麼叫哥哥『招夜人人』……」夏憐歌又重複了一次問題，喉嚨彷彿被棉花堵住了，聲音澀得連她自己聽了都覺得難受。「你記得招夜哥哥……你肯定記得哥哥的對不對？」

常清的臉色陰晴不定，握著武器的手緊了緊，忽而又露出犬牙笑了起來：「妳在說什麼啊夏憐歌？」

「你一定記得哥哥……但是為什麼，這學院裡的人不是全都沒有關於兩年前失蹤學生的記憶嗎？」夏憐歌不依不撓，幾乎朝他吼了起來：「為什麼你會知道招夜哥哥！」

手上的折疊刀「啪」的一聲響，常清的眼神驟然冷了，「所以呢？妳想說什麼？」

「……你到底是什麼人？」

話剛脫口，那一刀就橫劈了過來。夏憐歌驚叫一聲，連忙往後躲去，卻一個不穩猛地跌坐在地。常清瞬即就撲了過來，一手壓著她的肩膀，另一手拿刀架在她的頸上，右手上的方塊刺青像一團幽幽的鬼火，刺得她眼睛疼痛。

常清跪在一側，居高臨下的睥睨著夏憐歌，挑挑唇角露出了惡質的笑容：「其實我還挺中意妳的，看在這分上，我就告訴妳吧，兩年前的我，是前任殿騎士聯盟的管理者——夏招夜座下，唯一的騎士。」

什麼……哥哥居然是前任殿騎士聯盟的管理者？夏憐歌不禁錯愕的睜大了眼睛。

他瞬而又俯下身湊近夏憐歌，曖昧的朝她的耳窩吹了吹氣。「但是再往後的事，就不可以讓妳知道了，不然我的主人會不高興……」

這傢伙！居然潛伏在他們身邊那麼久，平時還一副對十秋盡忠職守的樣子！

夏憐歌咬牙切齒的問道：「你的主人是誰？」

常清好整以暇的笑笑，露出了尖尖的小犬牙：「打倒我，我就告訴妳。」

她咬了咬唇，又抱著最後一絲希望朝他大喊：「我哥哥在哪裡！？」

「夏招夜在哪裡……妳猜呢？」

他邊說邊揚起刀尖，眼看就要往夏憐歌的喉嚨戳上去。夏憐歌還沒有反應過來，就感覺自己的身體好像被什麼控制住了，捏著拳劈面便朝他鼻梁打去。

只聽見一聲吃痛的吼聲，夏憐歌還愣在原地不知所措，等想起應該逃跑時，身體已經又被常清一個猛力撲住。而這時她的四肢再次擅自行動起來，手肘一曲便往後撞了過去，也不知道撞到哪裡了，拉住自己腰身的力氣忽然一脫，不明所以的夏憐歌趕緊爬起來，踉踉蹌蹌的倒退了幾步。

——快跑！

腦海裡忽然響起天光沉鬱的聲音。

夏憐歌一驚，又聽見身後窸窸窣窣的響動，條件反射的就邁開雙腿往走廊深處跑去。

天光，天光！

夏憐歌一邊氣喘吁吁的跑，一邊在心中大喊：天光是你嗎？剛才在幫我的是你嗎？

但是那聲音卻再沒有出現，只剩下背後追趕而來的腳步聲，像一隻被放出牢籠的飢餓困獸尋著美味而來，她跑得跌跌撞撞，身體一直抖個不停，沿途看見警鈴就砸開按上，原本靜謐的走廊瞬間鈴聲大作。

也不知道跑了多遠，夏憐歌實在沒了力氣，一個踉蹌跌倒在地。

身後的聲音不知道是何時出現的，帶著輕蔑的笑意：「怎麼了？跑啊！我看妳能跑多遠！」

她心中一沉，咬牙要站起來，還沒支起身來，腳下就被他一絆，重新跌到地上。

看著步步逼近的常清，夏憐歌恐懼得厲害，竟然連聲音都叫不出了，只能一個勁的往後退，常清卻從容的提著刀，一步步向她靠近，不緩也不急。

就在他將要橫刀掃來的時候，四周忽然掀起一股冰冷的氣流，夾著一聲刺耳的巨響，就像壞掉的麥克風拖曳出來的尖銳聲音，「嗡——」

常清突然一聲低吼，發瘋似的摀住耳朵。夏憐歌見有機可乘，急忙起身往他懷裡狠狠一撞，然後奪路逃跑。

跑開數十米遠就是一個廊堂，三面都接著走廊。沒有了帶路的常清，她也不清楚究竟要往那邊走。聽著後面又開始規律響起的腳步聲，夏憐歌一急，也無暇去細顧，邁開腿正要拐進右邊的時候，玻璃隔牆外的海域突然騰起一片白色的漩渦。

下一秒，那漩渦就像是碎開的紙片一樣急速的散成泡沫，出現在眼前的居然是一尾藍色的海魚，布滿了鱗片的魚尾在海裡輕輕的搖動，上身卻是人類少女的模樣，蜜色的長髮浮散在水中，可是她的眼窩裡卻黑洞洞的，什麼都沒有。

她沒有眼睛！

時間彷彿瞬間凝固了一般，一瞬間夏憐歌以為自己在做夢，彷彿是前些日子一直在做的奇妙的夢，夢見自己蟄伏在海底，有人魚和悲哀的歌聲。

那人魚少女急急的拍了拍玻璃，抬起手指著走廊另一邊的方向，張了張嘴，似乎在說什麼。

就在這時，天光驀地在眼前顯現出身影來，他定定的看著那尾人魚，不知為何表情溢滿了心痛。

他也不多說什麼，拉過夏憐歌就順著人魚所指的方向跑了過去。

夏憐歌完全思考不了，只能任他拉著自己跑。

「救救他。」

人魚的話在腦海裡響起，聲音彷彿有觸感一樣，冰涼得刺骨。

夏憐歌沒停下步伐，氣喘得厲害。她正混亂得很，根本無法將事情理清過來，腦海裡盡是那人魚的模樣，呼嘯而過的風似乎反而讓腦子更不清醒。

「妳是誰……」

「救救他，我無法待在上層的海域裡太久，求妳了，來救救他。」響在腦海裡的聲音帶著惹人憐惜的哭腔。

「救誰……？」

「救救他，他想看見光。」

與之前在海貝裡所聽到的如出一轍的對話戛然而止。

前方忽然一片光影晃蕩，映得眼睛發痛，原本拉著自己奔跑的天光瞬間如被風吹散般消失在眼前。夏憐歌緩緩的放慢了腳步，有喧鬧的人聲冉冉升騰起來，彷彿是因為結界被刺破而汩汩流出來似的，越來越浩大，卻聽不分明是在嚷著什麼。

有人影在迅速的靠近她，輪廓漸漸的、漸漸的分明起來，那急躁的叫喚聲也跟著逐漸清晰：「夏憐歌！妳搞什麼——」

——是蘭薩特。

那一剎，眼前再無他人。

「夏憐歌？」

少年的聲音柔軟，舒服得讓人想嘆息，夏憐歌卻只是出了神的看著對方，喃喃道：「常清他……常清他……」忽而又轉了話鋒，夏憐歌的聲音一低：「我見到……招夜哥哥了。」

蘭薩特愕然的定住。

夏憐歌說罷，便像發條走到極限的人偶般軟倒了下去。

04

疑團・薔薇釦・記憶的回音

「那是人魚的歌聲吧。」十秋將話接了下去，「所謂人魚帶來的厄運，往往是由它們歌聲所引發的瘋狂幻覺而導致的呢。」

一句話讓夏憐歌頓時語塞，原本就不怎麼清晰的思緒更加混亂了起來。

十秋的意思是，常清並沒有襲擊她，她也不曾見到過夏招夜，在水族館裡發生的一切只不過是因為她聽到了人魚歌聲而引發的幻……覺？

The Echo of Memory.

夏憐歌醒來的時候發現自己身在一個偌大的房間裡。

蘭薩特正坐在床沿守著她，一見她睜開眼睛，忍不住有些欣喜的回頭朝窩在沙發上打遊戲的十秋喊了一聲「醒了」，接著便伸手去探她的額頭。

原本還迷迷糊糊的夏憐歌隨即被嚇了一跳，也不知為什麼自己的反應這麼劇烈，幾乎整個人彈了起來，把他的手拍掉。「你、你幹嘛！」

蘭薩特皺了皺眉，輕聲道：「妳發了兩天燒，我看退沒退。」

心裡頓時一陣悸動，夏憐歌只覺得雙頰像澆了開水一樣滾燙，急忙別開臉去。「退了退了……」

被她的反應弄得有點鬱悶，蘭薩特悻悻然的收回了手。要是換作平時生龍活虎的夏憐歌的話，兩人鐵定已經開始互槓起來了。今天看她是病患，蘭薩特只好把氣往肚子裡吞，讓人替她弄些清淡的食物湯水來。

睡了兩天，夏憐歌早就餓得前胸貼後背了，也不管送來的是什麼東西，抓過湯匙就狼吞虎嚥起來。

蘭薩特靜靜的看著她，見她吃的差不多了，這才開口問道：「妳之前在水族館裡究竟發生了什麼事？為什麼我問常清，他也說得不清不……」

「咳、咳——」一聽到常清的名字，夏憐歌的腦海中立刻浮現出在水族館被對方追殺的場景，一沒緩過神來便被嘴裡的東西嗆得咳嗽連連。

被她的反應嚇了一跳，蘭薩特急忙撫上夏憐歌的後背幫她順氣，誰知下一秒卻又被她反手抓住了手腕。夏憐歌憋紅了一張臉，神色慌張的朝蘭薩特大喊起來：「常、常清呢？蘭薩特！常清他人呢！」

兩位儲君頓時被她吼得莫名其妙，蘭薩特更是神色古怪的擰起眉毛，有些酸溜溜的開口：「夏憐歌妳……什麼時候開始變得這麼在意常清的？」

坐在一旁的十秋低頭動了動大腿，喊道：「喂，常清。」

枕在他腿上睡著的人皺眉不情不願的「嗯……」了一聲，停滯了好幾秒後才像意識到什麼似的突然整個人彈了起來，雙眸一挑露出了一臉的殺氣，立即護到十秋身前，並從身後抽出把折疊刀喀嚓一聲的併上。「發生什麼事了嗎閣下？」

「沒有，你先把刀放下。」說著，十秋從常清身後探出頭來，眼神移向一臉呆滯的夏憐歌，「嗯，夏憐歌，常清在這裡。」

她這才回過神來，看著常清手中泛光的折疊刀忍不住開始瑟瑟發抖。原本還警戒全開的常清意識到夏憐歌那閃閃爍爍的目光，全身的戾氣一下收斂了一半，收起折疊刀有些無趣的伸了個懶腰，問道：「幹嘛？想找我打一場鍛鍊身體嗎？」

看著他那與平常無異的囂張神色，夏憐歌卻覺得哪裡都不太對勁。

……這傢伙，這個似乎是以朋友身分和她對話的人，在兩天前還想把她殺掉。

夏憐歌越想，身子抖得越厲害，說不清是因為恐懼還是憤怒。她緊緊攥住蘭薩特的手臂，哽咽了好久才勉強擠出一句話來：「常清他……他在水族館裡……想殺了我……」

這邊三個人全部聽得一愣，半晌之後蘭薩特又擔憂的朝她額頭探出手去，「果然還很燙，夏憐歌妳還是再休息一下吧，我們等會再……」

「我不是在開玩笑！」夏憐歌有些惱怒的拍開他的手，情緒瞬間像是被點燃了般，「常清他想殺了我！他還說自己上面還有一位主人！這傢伙，根本就沒有他表面看起來的那麼忠心！」

她咬牙切齒的喊著，感覺掌心都要被深陷進去的指甲劃破了。

聽到這話的蘭薩特和十秋不由得把視線移到了常清身上。

察覺到十秋質詢的眼神，原本老是一臉放肆的常清竟難得露出了慌亂的表情，差點就高舉起雙手來喊冤了。「不是啊，十秋閣下，我不知道她在講什麼，我……」

「那你說說，你跟夏憐歌在水族館裡發生了什麼事？」

「我已經說過很多次了！雖然是我拉她組隊的沒錯，但後來我真的不知道發生了什麼啊！」常清看起來似乎有些懊惱的抓了抓頭髮，「我們一進到水族館，夏憐歌就總說聽到了什麼奇怪的聲音，還說背後有人在跟著我們。我剛走開去查看時，又聽見她在那邊大喊大叫，只能返回去問她怎麼回事，誰知那時夏憐歌見了我卻跟見了鬼似的開始沒命的跑，還一邊跑一邊砸警鈴，我在後面叫都叫不停她……」

「你胡說！」夏憐歌氣急敗壞的從床上彈起來，「要不是你要對我不利的話，我怎麼會逃跑！？我……」

「等等，夏憐歌。」蘭薩特一邊將激動的又開始咳嗽的夏憐歌攬回床上，一邊若有所思的問道：「剛才常清說的，妳在水族館裡聽到了奇怪的聲音，這是真的嗎？」

夏憐歌被他問得一怔，好一會兒才臉色難看的點了點頭。

這時，一直沉默不語的十秋忽然像是抓到了重點，問道：「那是什麼聲音，妳還記得清嗎？」

什麼聲音……

一仔細回想起在水族館裡發生的事，夏憐歌的臉變得更加蒼白，「我……我不知道，那聲音很大、很吵……然後、然後好像還有歌聲，對！歌聲！我在聽到歌聲後就見到招夜哥哥了！」

「夏招夜？」十秋有些困惑的看了眼夏憐歌，又回頭看了看常清。

一提到自己的哥哥，原本稍微冷靜下來的夏憐歌頓時又急躁起來。

蘭薩特在旁邊詢問：「妳從水族館出來那時也有說過，是和上次那個項鍊精靈類似的東西嗎？」

夏憐歌沒有理會，只是一邊焦灼的咬著手指，一邊在心中默默思忖。

過了好半晌，也不知道夏憐歌想到了什麼，她的動作突然一頓，像是在喃喃自語般問道：「學院裡所有人都沒有關於失蹤學生的記憶，這是真的嗎？」

蘭薩特意識到她是在問自己，不禁有些不解：「當然是真的啊，妳問這個幹嘛？」

「但是、但是常清有這些記憶！」夏憐歌忽地吼出聲來，抬起頭惡狠狠的瞪著常清，雙眼好似要溢出血般。「他跟我說，他是前任殿騎士聯盟的管理者——夏招夜座下唯一的騎士！」

「等等，夏憐歌，妳這話裡的訊息量太多了。」蘭薩特不由得皺了皺眉，說常清記得夏招夜也就罷了，居然還說夏招夜是前任殿騎士聯盟的管理者？這未免也太荒唐了一點。堂堂一個領導儲君麾下最為得力部門的管理者，怎麼可能失蹤得如此悄無聲息？

常清似乎已經很不快了，卻苦於在十秋面前無法用以往的暴力方式發洩，一個忍不住便扯起沙發上的靠墊想往夏憐歌臉上擲過去，結果手上動作又被十秋的眼神瞪得一縮，他只能悻悻然的將靠墊抱回懷裡。

十秋依然是那副雲淡風輕的模樣，甚至已經把注意力轉回手上的遊戲機裡。「那些不過是妳的幻覺罷了，夏憐歌。」

「幻覺？」夏憐歌怒極反笑，「十秋閣下，你為自己騎士開脫的理由未免太過敷衍了吧？」

只是她話音剛落，身旁的蘭薩特便撫著下巴說道：「不……我覺得朔月這個說法也不無道理。」

夏憐歌不敢置信的回過頭。

一看到她那詫異的眼神，蘭薩特的心裡不知為何湧起一陣煩躁，卻還是不自覺的放低了聲線，「妳不是說過妳在水族館裡聽到過歌聲嗎？」

「那又怎樣啊！」可惡，居然連蘭薩特都不信她！

「那是人魚的歌聲吧。」十秋將話接了下去，「所謂人魚帶來的厄運，往往是由它們歌聲所引發的瘋狂幻覺而導致的呢。」

一句話讓夏憐歌頓時語塞，原本就不怎麼清晰的思緒更加混亂了起來。

十秋的意思是，常清並沒有襲擊她，她也不曾見到過夏招夜，在水族館裡發生的一切只不過是因為她聽到了人魚歌聲而引發的幻……覺？

夏憐歌不禁想起了那尾沒有眼睛的人魚。

這一切……全都是它搞的鬼嗎？就連最後它對自己的幫助也是假的？那也是它用歌聲製造出來的幻覺？

怎麼會這樣……怎麼會這樣呢？

「好耶，終於搞清楚事實了。」常清一副天都晴了的模樣，坐到沙發上大剌剌的蹺起二郎腿，「所以說，以後還沒弄明白真相前就不要隨便冤枉人啦，夏憐歌。」

蘭薩特見她低著頭魂不守舍的樣子，忍不住低聲安慰道：「好了，妳別太想太多了，先休息吧。」

說著，他便起身招呼十秋和常清一起出去。

夏憐歌還維持著坐在床邊的姿勢，腦袋像一座被人洗劫一空的堡壘，空蕩蕩的什麼都思考不了。

幻覺，在水族館裡發生的一切全都是幻覺。

夏憐歌不停的說服自己。

然而在心裡深處，卻有一把低沉的男聲在不斷與她抗衡著。

——不是幻覺。

——妳所見到的一切全都是真實的。

——主人，不要相信他。

——不要相信常清！

最後一句話像個炸彈讓夏憐歌整個人都跳了起來，她也顧不得身體上的不適，衝到門口一把抓住常清的後領。對方一個條件反射，屈起手肘就往身後撞了過去，好在十秋眼疾手快，連忙伸手擋住了常清的手臂，夏憐歌才能完好無缺的站在那裡。

蘭薩特被剛才那一幕嚇得臉色都變了，在驚愕過後就是接踵而來的憤怒，他不由自主的朝她吼出了聲：「妳又搞什麼，夏憐歌！知不知道剛才有多危險啊！」

夏憐歌卻彷彿沒有聽到蘭薩特的話，「不是幻覺！我在水族館裡看到的一切，全都不是幻覺！常清、常清他——」

「夠了。」

充滿壓迫感的兩個字立刻讓她收了聲。

夏憐歌抬頭去看十秋那居高臨下的雙眼。他的表情毫無波瀾，唯有目光像一把冰製的刀刃，在這凝重的氣氛裡磨得鋒利又刺人。

她突然意識到，十秋這次是真的生氣了。

「夠了，夏憐歌。」他又重複了一次，「常清是我的騎士，他是怎樣的人我清楚。」

「混蛋！你為什麼就不相信我呢？我……」

「常清跟了我兩年。」十秋泛起寒光的眼神一斜，「妳覺得比起妳，我會更相信誰？」

剎那間，夏憐歌只覺得心臟像被什麼東西梗住了一樣難受，愣了好久她才輕聲吐出一句：「但是，十秋閣下，他也僅僅跟了你兩年，不是嗎？」

戴眼鏡的少年不快的皺起了眉頭。

夏憐歌全身都在輕輕顫抖著，她攥緊了拳頭：「被你們遺忘的、將哥哥牽扯進去的失蹤事件，也是發生在兩年前，而在那之後常清就成了你的騎士。你覺得事情真的有這麼巧嗎？」

「夏憐歌！妳怎麼越說越離譜！」意識到十秋那越來越難看的臉色和常清身上開始叫囂起來的戰鬥氣息，蘭薩特急忙一手橫在他們中間，將三人分了開來。他一邊強打起笑容將十秋他們推出門外，一邊把夏憐歌拉進房裡，順勢帶上了房門。

「拜託了，夏憐歌。」蘭薩特按著她的肩膀將對方押到床上坐下，「妳就好好的睡一覺，別再鬧了，行不行？」

這簡直就是他有史以來將姿態放得最低的一刻。

夏憐歌暴躁的捶了捶床，「你們為什麼都不相信我的話！」

「不是我不想相信，只是……」蘭薩特頓了一下，慢慢嘆出一聲來，「只是妳說的這些，要讓我怎麼相信呢？常清好歹跟我們相處了這麼久，他平時怎麼對十秋，妳也是看得到的啊。」

就是因為我也當他是朋友，所以在他將刀尖對準我的時候——甚至有可能對準我們所有人的時候，我的反應才會這麼激烈的啊！為什麼你們卻只當我是在無理取鬧呢？

夏憐歌感到胸前一陣氣悶，可是面對蘭薩特輕聲細語哄著她的模樣，她卻怎麼也說不出話來了。

蘭薩特幫躺下身來的夏憐歌掖了掖被子，又在旁邊安撫了她好一陣，見她閉上雙眼似已醞釀出了睡意，這才悄聲往門外走去。

可是夏憐歌並沒有睡著。

她聽著房門輕輕鎖上的聲音，一咬牙緊緊的抓住身上的被子，可是憋在胸腔裡的委屈卻再也忍不住，一瞬間如襲來的洪水猛獸般，化作淚水奪眶而出。

◇◇◇

雖然中間發生了一段小插曲，但騎士資格賽總歸是圓滿落幕了。在賽事結束的一週之後，便是新一屆圓桌騎士的授封儀式。

授封儀式是在菲利亞斯大禮堂的一樓舉行。身為儲君的蘭薩特和十秋，以及殿騎士聯盟管理者的浦賽里德都要到場。

雖然這儀式跟夏憐歌一點關係都沒有，但對常清身分耿耿於懷的她還是決定過去圍觀一下。結果到了禮堂才發現無關人士不被允許進入，夏憐歌撇撇嘴，直接把蘭薩特的名字搬出來後，便大搖大擺的跑到二樓儲君暫用的休息室裡。

一開門，卻發現只有常清一人坐在那裡玩十秋的遊戲機，夏憐歌的腳頓時定住，支支吾吾了好一會兒才強揚起笑臉問道：「你、你怎麼在這？」

「我為什麼不能在這？」常清將長腿往前一伸，放下遊戲機冷眼看向她。

「不……我的意思是，你、你不是應該去參加圓桌騎士的授封儀式嗎？為什麼卻在這裡……」夏憐歌摸了摸鼻子緩解緊張感，「還有蘭薩特他們人呢？」

「快到閣下們的致辭時間了，他們先去一樓準備。」說著，常清有些悶悶的重新拿起遊戲機，「我沒有在騎士賽中勝出。」

「咦？不是吧……」

「還不是妳害的！」像是要發洩般，他按著遊戲機按鍵的力氣一下子大了起來，「從水族館追出來的時候我也被閣下他們帶走協助調查了啦。」

……完、完蛋了啊！

夏憐歌頓時在心裡大叫不妙。就算常清是無辜的，可她害得那傢伙沒能順利完成比賽，一樣面臨著毀滅性的大報復啊！

怎、怎麼辦？要不要乾脆先逃一步的好？

夏憐歌還在門口躊躇不定的徘徊著，常清的表情卻突然明朗了起來：「通關了！」連帶剛才的低氣壓也一併被掃了開去。他一邊興奮的按著遊戲機，一邊回應夏憐歌的沉默：「啊啊，那個的話，妳也別太在意，反正就算他們當上了圓桌騎士，也打不過我的嘛。」

「……」

果然這傢伙也只有神經大條勉強算是優點了。

原本就是衝著他來的夏憐歌，趕緊趁著低壓散開的這一瞬間走進去，把椅子拖到隱蔽的角落裡坐下。常清仍舊埋頭在遊戲裡奮鬥著，原本舒展開來的眉宇又開始微微斂起，夏憐歌看著他就連在虛擬的戰鬥中也是一副全力以赴的摸樣，忍不住低聲笑了起來：「幼稚！」

「妳說什麼？」

「沒、沒，蚊子在飛而已。」

氣氛竟平和得讓她都開始搞不清楚自己的想法。

如果常清不是叛徒的話，她現在這種總想著要揪出對方馬腳的舉動到底有什麼意義呢？

可是如果他真的不是的話，當初又為何要襲擊她？

她在水族館裡遇到的一切，究竟是千秋所說的「幻覺」，抑或是天光所說的「真實」呢……越是這樣子想，夏憐歌對常清這個人就越在意，盯著他的眼神簡直就像是黏在他身上一樣。

五分鐘之後，常清終於忍不住抬起頭來，一臉不耐煩的問道：「妳可不可以別這麼噁心的看著我？」

「唔……常清，我有個問題想問你。」

「幹嘛？」

「你頸上這條項鍊……是怎麼回事？」說著，夏憐歌也情不自禁的撫上了自己的脖子。

雖然早就知道常清總是戴著這麼一條看似廉價的項鍊，而且還很奇怪的一直把鍊墜埋在制服裡，不過她從來都沒有像現在這麼在意過。

或者應該說，她以前並不曾如此刻意的觀察過常清將鍊墜藏於衣裡的舉動，在那時的夏憐歌看來也不過是對這條飾品珍惜的表現。

但如今，在夏憐歌那近乎侵略的目光裡，這條項鍊卻沒有一處不顯得古怪。

一聽到她這麼問，常清白了夏憐歌一眼，順手將領子立了起來。「關妳屁事。」

而且，那條銀白色的鍊子，她越看越覺得眼熟……

好像曾經在什麼地方見到過……

夏憐歌不易察覺的皺了皺眉，等她回過神來的時候，發現自己已經站到了常清身邊，右手直接往他頸間扯了過去。

「……喂，等等！妳幹嘛啊混帳！」沉溺在遊戲裡的常清似乎也沒料到夏憐歌會這麼大膽，一時間竟沒反應過來，只是感覺脖子一痛，掩在衣服下的鍊墜瞬間滑了出來。

那圓潤小巧的鍊墜觸到夏憐歌的手指，冰涼的觸感瞬間像蛇一樣，從指尖開始往心臟蔓延過去。

「果然沒有錯……」她的身子輕輕顫抖著，下一秒又忽而一用力，像是要把項鍊從常清脖子上扯下來一般，「這是招夜哥哥以前戴著的項鍊啊！這個吊墜、這個小雞吊墜是我送給他的！你為什麼會有哥哥的東西！常清！」

「媽的，痛死了！放手！」脖子上已經被勒出一道隱隱約約的血痕，常清眼神一凶，惡狠狠的掐住了夏憐歌的手腕。

然而夏憐歌卻彷彿沒感覺到手腕鑽心的疼痛，仍舊是發了瘋似的扯著項鍊，「常清你這混蛋！你果然和失蹤了的哥哥有關係！把項鍊還給我！把哥哥還給我啊！」

常清蹙起雙眉，放開捏著夏憐歌手腕的手，轉而朝她的脖子掐了過去。在水族館裡被追逐的恐慌感再次湧了起來，夏憐歌看著常清那雙溢滿殺氣的眼眸，只感覺自己的呼吸越來越稀薄，卻還是掙扎著無力捶打著他的手臂。

「還……給我，把哥哥、的……」

不行了……視線越來越模糊，腦袋好像被人灌入了鉛一樣……

這時，緊閉著的門忽然卡嚓一聲開了。

蘭薩特扳了扳肩膀走進來，「啊啊，半路上就聽到你們在嚷嚷了，究竟是在……」在看清眼前發生的事時，他的思維不由自主的停滯了半秒，緊接著脫口而出就吼道：「等等！常清你在幹什麼！」

「住手！常清！」跟在蘭薩特身後的十秋也焦急的喊了一句。

常清「嘁」了一聲，手上的力道一放，夏憐歌整個人摔倒在地上不斷咳嗽著。

見狀的蘭薩特急忙跑過去將她扶起。

十秋緩步走到常清面前，表情如蓄滿雷暴的雨雲般沉了下來，過了好半晌才問道：「你做什麼，常清？」

「是她先動手的啊，閣下。」摸了摸脖子上的血痕，常清有些不快的辯解。

站在旁邊的蘭薩特看起來也生氣了，正想說些什麼的時候，被他攙扶著的夏憐歌卻先他一步開口：「蘭……咳，蘭薩特，常清戴著招夜哥哥的吊墜！你看見了嗎！那個小雞吊墜是我送給哥哥的！」

這話一出，蘭薩特和十秋立刻變了臉色。

也不知道是想到了什麼，蘭薩特的神色越來越難看，連聲音都變得有些沙啞，「妳是說，妳之前在萬聖節吸血鬼身上看到的……那個吊墜嗎？」

好像也是經蘭薩特一提才想到這個問題，夏憐歌一愣，身子抖得更加厲害。「就、就是那個……」

她剛才為什麼沒注意到這點呢？

其實不止這個小雞吊墜，還有另外一點可以證明常清和萬聖節的吸血鬼有所關聯。

霎時彷彿有什麼畫面在腦海裡倏地閃過，夏憐歌好像看到那個桀驁的吸血鬼筆直的立在騎士雕像上頭，抬起戴著手套的右手掩住斗篷，一臉張狂又不馴的笑。

是了，她當時最先注意到的，就是吸血鬼那戴有手套的右手。

而常清的右手上，有個非常引人注目的藍色方塊刺青……

「常清你……」夏憐歌的聲音顫顫巍巍的，「你就是那個假扮的吸血鬼……」

常清頓時被她說得一怒，抬腿就要往她那邊邁過去，卻被十秋一把止住了動作。十秋面無表情的朝他伸出了手，「常清，項鍊拿來。」

鍊墜已經不知何時重新被他掩入衣內，常清的表情一下子有些扭曲。「閣下，我……」

「拿來。」

他怔了一瞬，終是放棄般的解開鏈釦，將項鍊遞到十秋手上。

十秋隨即將它拿給夏憐歌。「夏憐歌，妳仔細看看，真的是這個嗎？」

那枚玲瓏可愛的小雞吊墜躺在十秋的掌心裡，玻璃製的眼睛在燈光下熠熠閃動，像是在對久未謀面的夏憐歌眨眼睛。

她呆呆的看著吊墜，看得久了，眼淚不自覺的簌簌往下掉。

「不會錯的……就是這個……就是……這個啊……」

夏憐歌伸手死死摀住了自己的嘴巴，身子一蜷，差點又往地上跪了下去。

十秋靜靜的站在那裡，全身似乎不易察覺的顫了一下。他望著手中那枚吊墜，想彎起五指將它握住，卻發現自己不知為何使不上力來。

最後他只是張了張嘴，將吊墜按到夏憐歌的掌心裡，聲音像摻進了一堆沙子般又沉又啞，「既然是妳哥哥的東西，那就還給妳。」

夏憐歌失神的將東西捏在手裡，只覺得手心滾燙，似乎有看不見的火焰順著動脈往身體深處燒去，灼得她心臟一陣疼痛。

旁邊的蘭薩特卻是不發一言，原本蒼白的臉色在真正看到那枚吊墜時變得更無血色。

他原本想說服自己、也想說服夏憐歌說只是物有相似，然而這時再想起夏憐歌之前提起的在水族館裡發生的事情，卻覺得所有事情一下子變得古怪起來。

真的有那麼巧嗎？在夏憐歌產生了那樣子的「幻覺」之後，又馬上從常清身上找出這樣的東西……

這一次，蘭薩特突然覺得自己沒法再為他找出開脫的理由了，只能僵硬的轉過腦袋去看一臉急躁的常清。「常清你……還有什麼想說的嗎？」

常清卻不理他，只是一味慌張的看向十秋，「十秋閣下，你聽我說……」

「好。」十秋冷硬的轉過身去，「你說吧。」

蘭薩特和夏憐歌無法從十秋的背部探尋到對方的表情，只是看到，在他轉身面向常清的那一瞬間，那個從來都是猖狂不馴的傢伙，臉上的神情變了。

常清像是瞬間被觸到開關一般，原本驚惶的表情凝住了，低著頭緩緩的安靜了下來。

少頃，他又咧開嘴角露出了尖尖的小犬牙。

可是夏憐歌卻覺得，比起笑，那更像是一個哭泣的表情。

「好吧，正如夏憐歌所說的那樣。」

他將掩於瀏海之下的雙眼露了出來，聲音瞬即化為一把尖銳的刀。

「我從一開始就背叛了你們。」

將自己與其他三人的聯繫就此斬斷。

◇　◇　◇

常清被殿騎士聯盟拘禁了起來。

為了避免引起不必要的混亂，儲君們並沒有將他被拘禁的真正理由公布，而是用「其違反了騎士守則」如此官方的話語一筆帶過，但還是引起了一場不大不小的騷動。

事務廳裡的氣氛每況愈下，原本就寡言的十秋變得更加沉默了，蘭薩特也總是皺著眉頭成天沉溺在一大堆公文裡，好像根本沒有人想再談及起這件事。

夏憐歌不知道抱著怎樣的心理，曾經去見過常清一次。

所謂的拘禁，其實也只是將他隔離在一個房間裡看守。夏憐歌看到常清的時候，他正抱著後腦勺懶洋洋的躺在床上睡覺，好似現在這種情況不過是外出度假而已。

夏憐歌知道他其實並沒有睡著。

「常清，我可以問你一個問題嗎？」

「又要問指使我的人是誰嗎？」常清皺眉翻了個身背對她，「不說啦，煩。」

「……你為什麼要戴著招夜哥哥的項鍊？」

不知為何，這問題竟然讓他的身子僵了那麼一瞬。很久之後，他才看似隨意的答了一句：「……夏招夜是個挺好的人。」

——我知道他很看重這條項鍊。

——我沒辦法幫他做其他事情，但僅僅只是保管一條項鍊的話，並不是難事。

「什麼叫『沒辦法幫他做其他事』！」聽到這裡，夏憐歌的情緒不由得激動起來，「只要你想做的話，絕對……」

「那當然是比起夏招夜，我有更想要效忠的人啊。」

她一時語塞。

「不過，我只能算是個特別糟糕的屬下吧。無論是對夏招夜，對你們，抑或是對我效忠的人來說——」

說著，他低聲的笑了起來。跟平時不可一世的常清完全判若兩人。

「——因為啊，除了背叛跟誤事，我就完全什麼都不會了嘛。」

夏憐歌沉默了。好半晌之後，她才重新開口：「我可以再問你一個問題嗎？」

「夏招夜的下落？」常清嗤笑了一聲，「也不說啦。妳這麼聰明，肯定猜得到的。」

對話到這裡結束了。

夏憐歌面無表情的離開了拘禁室。

夏憐歌站在蘭薩特旁邊，看他拿著幾張文件反反覆覆查看的樣子，不禁覺得有些煩躁。

「閣下。」她終於忍不住打破了這連口以來的寂靜。「你們是不是該去調查一下常清的事情了？」

蘭薩特的動作一頓，抬手揉了揉皺起來的眉宇，「妳能不能讓我們先緩一下，夏憐歌？」

「緩一下？」夏憐歌冷笑，「你們都緩了幾天了？現在常清擺明了就是那個假扮吸血鬼的人，這也變相說明了他和黑騎士聯盟有著或多或少的聯繫。這樣一個人潛伏在我們身邊這麼久，你就一點都不著急嗎？」

「夏憐歌！」蘭薩特一把將文件摔回桌上，「妳能不能稍微照顧一下別人的感受！？」

旁邊的十秋頓了一下，起身扶了扶眼鏡，說道：「……沒事，如果是顧及到我的話，我出去一下就是了。」說罷便往事務廳外走去。

住了。

「欸……我不是那個意思……朔月！」蘭薩特剛想阻止他，卻又被不依不撓的夏憐歌攔住了。

「那你有沒有照顧過我的感受，閣下？我委託你找失蹤的招夜哥哥委託了那麼久，你有找出一絲端倪來嗎？現在好不容易有了常清這條線索——」說到激動處，她甚至一個反手揪住了蘭薩特的領口，低聲喊道：「而且你不想知道嗎？常清是什麼身分、黑騎士聯盟的真面目是什麼、他們有什麼力量，為何可以讓前任殿騎士聯盟的管理者消失得連一點痕跡都沒留下？你不想知道為什麼嗎，蘭薩特閣下？」

「我想知道。」蘭薩特雖是不悅，卻也只是一手護住領口，一手制住夏憐歌的肩膀，正經說道：「我們一直都在查黑騎士聯盟存在的目的。」

「那就讓我去查吧！閣下！」夏憐歌的眼裡閃出決絕的光芒，亮如星斗。「學院裡頭一定還有人記得這些事，這是讓我找到哥哥的唯一線索……」

「妳去查？」

「對。」

蘭薩特定定的看著她，表情有幾分猶豫、幾分無奈，好半刻後才緩緩的嘆了一聲：「好吧，那我給妳薔薇釦。」

夏憐歌愣了一下，不禁有些困惑：「那是什麼？」

「只有儲君可以頒給的特許證明。」蘭薩特一臉下定決心的表情：「只要拿著它，妳的權力就同等儲君，出入任何地方，使喚和命令任何人，都是可以的。」

一聽到竟是這麼重要的東西，夏憐歌頓時一陣錯愕：「你……」

「我知道沒什麼東西比得過妳的哥哥。總之，妳好自為之吧。一個月後，不論妳查不查得出什麼，我都要收回來。」蘭薩特淡淡的看著她，起身離開了事務廳。

十秋正抱胸倚在門框上，也不知道在想什麼，見了蘭薩特出來也沒說話。

蘭薩特毫不掩飾自己的擔憂：「朔月……你沒事吧？」說著，又不由自主的露出了一臉歉意，「你也別怪夏憐歌了，她只是擔心自己的哥哥才……」

「我沒怪她。」十秋輕輕嘆出一聲，「本來也是我太輕信常清了。」

聽到這，蘭薩特心裡不由得湧起一陣難以言喻的傷感，「這也不是你的錯，事情發展到現在這樣，我們誰都不願意看到的。」

然而他話音剛落，一名神色倉皇的騎士突然急匆匆的從走廊盡頭跑來，直奔到二人面前，單膝一跪，先是為他擅自闖入頂層作了一番道歉，然後又氣喘吁吁的道：「蘭薩特閣下，十秋閣下……在殿騎士聯盟的常清大人……他……他……」

十秋的目光一凜，那邊的蘭薩特急忙問道：「他怎麼了？」

前來報訊的騎士惶然的囁嚅道：「他……他死了。」

「什麼！？」兩人頓時渾身一震。

十秋更是無法維持平時鎮定自若的神色，猛地傾下身子把那名騎士揪了起來，像一頭發怒的獅子：「今早我們去看時還好端端的，怎麼會突然死了！」

「不、不曉得，送飯的人去到關押的房間裡時，發現他已經沒有了生命跡象……閣下……我……」

那人的臉色漸漸發青起來，蘭薩特連忙上去壓住十秋的手臂：「朔月，問他也不知道，冷靜點……」

話還沒說完，十秋便氣勢洶洶的甩開他的手，皺著眉徑直往樓梯處走去。

蘭薩特知道他想去關押常清的房間看看。一時間發生這麼多事，他的腦袋也早就亂成了一團，蘭薩特有些焦炙的「嘖」了一聲，開口將那名騎士打發走，便跟在十秋身後追了過去。

◇◇◇

夏憐歌看著手裡的銀盒，那是中午時有人送過來的。盒面雕飾著一簇蒼蘭，枝葉繁茂，栩栩如生。裡頭放的就是蘭薩特提過的薔薇釦。聽說在以往授予這東西是要行重大儀式的，如果不是迫不得已，不會輕易授出，因此歷年被授予薔薇釦的人並不多。

她沒想到蘭薩特居然會為自己開放這樣的特權。限時一個月的調查，她一分鐘都不能浪費。

夏憐歌有一種感覺，只要徹底調查黑騎士聯盟，就可以清楚的知道兩年前發生的事，她也就離哥哥越近。

黑騎士聯盟一直以來的行動都是帶有目的的，那一定也是哥哥失蹤的原因。

接下來的七天，夏憐歌都在殿騎士聯盟和學生會的資料庫裡待著，一直在翻查夏招夜失蹤那一年的年曆事件記載。

她從莫西口中聽說，學生會有一個專門部門，負責學院事件的紀錄和整理，基本上事無大小都會按日記分類存放好，連戲劇社排練的事故都有記錄，雖然不知道這樣記錄會有什麼用處，但對她來說卻是重要線索，說不定能找到什麼蛛絲馬跡。

晌午，莫西提著蔬果三明治、哈密瓜鬆餅跟咖啡來找她了。夏憐歌跟他打過招呼，就繼續坐下來翻閱。

「先吃點東西吧……難道妳不餓嗎？」看她這般拚命的樣子，莫西將三明治拎到她眼前催促道。

夏憐歌一口叼住三明治，又挪到一邊翻看事件記錄薄去了。

莫西也坐下來幫夏憐歌重新看一遍她翻過的記錄，問道：「有頭緒了嗎？」

夏憐歌有些洩氣的搖搖頭：「沒有，都是無關緊要的東西。」

「毫無線索的追查兩年前的事，確實比較困難……」

「沒辦法……」夏憐歌有些憂傷的垂著頭，話音輕輕的，「我不能就這樣放棄哥哥。」

莫西附和的應了一聲，沒再說話，空間裡又安靜得只剩下翻書的聲音。

過了好一會兒，夏憐歌突然整個人跳了起來，嚷嚷著朝他招手：「莫西、莫西！你過來看看這個記事！」

莫西連忙探頭過去，就看見對方指著一小段文字：「這裡說，兩年前水族館修建時發生了十多起坍塌事故，原本要通往南港的水下走廊工程被擱置，後來工程縮短，只接到遊樂場碼頭的燈塔島。」

兩人盯著紙面許久，夏憐歌忽然問道：「十多起的坍塌事故？什麼原因造成的？」

莫西歪著腦袋努力回憶：「我聽以前的人說過，似乎是那邊的海域有高頻聲波影響，機器跟通訊系統都失靈，處理了大半年都沒找到原因，工程根本無法展開。」

「這樣嗎……？」

「對，有人傳說那下面是人魚的墓地呢。」莫西疑惑的看著她，「怎麼了，這和兩年前的失蹤事件有關嗎？」

「不知道。」夏憐歌嘆了一聲，一想到水族館裡的那尾人魚，不知怎的就在意起來，喃喃道：「總覺得這事與失蹤事件有什麼關聯……」

她話音剛落，看著攤在桌上的事件記錄簿的莫西突然露出了古怪的表情，「嗯？」

「查到什麼了嗎？」夏憐歌湊了過來。

莫西緊縮著眉頭，伸出食指在記錄簿上一劃：「妳看，這裡是兩年前的榮譽騎士資格賽紀錄，但是獲得那一年圓桌騎士稱號的學生卻沒有記載在上面，而且……」他拿起記錄簿迅速的翻了一遍。「這裡也沒有那些圓桌騎士的資料和檔案。」

「這麼說，兩年前失蹤的人，就是那一屆的圓桌騎士？」夏憐歌驟然激動了起來，但眼睛一轉，又想起了什麼，「不對……常清說過哥哥是上一任殿騎士聯盟的管理者。」

「殿騎士聯盟的管理者，其實也是圓桌騎士。」莫西咬了一口手上的三明治。「他是固定擁有圓桌騎士資格的人，所以不用參加榮譽騎士資格賽的角逐。」

「這麼說……」

莫西順著她的聲音點了點頭：「失蹤的確實是兩年前的圓桌騎士沒錯。」

線索到了這裡好像一下子又斷掉了。夏憐歌蹙了蹙眉：「居然能讓那一屆的圓桌騎士全都消失，可以這麼做的人真不簡單。」

莫西笑了：「確實不簡單，尤其還要讓全學院的人都忘記他們的存在，這可不是一般人能做到的。」

夏憐歌點點頭，覺得有道理。「也是，有誰能這麼輕易刪改別人的記憶……」

……等等，刪改別人的記憶？

夏憐歌的腦袋頓時像被閃電擊中了一般，記憶開始迅速的流轉起來。

可以輕易的刪改別人的記憶，甚至可以製造出虛假的記憶……

——啊啊，他已經能這麼熟練的操控語言的能力了嗎？

——蘭薩特閣下所擁有的ESP，是操縱記憶啊。

怎麼可能，不可能是他的……

但是擁有可以輕易改變別人記憶的能力，不就只有那個ESP嗎？但他這樣做的目的是什麼？讓圓桌騎士消失的目的又是什麼？

殿騎士聯盟一直都在追查黑騎士聯盟的事，卻沒有任何結果，這是為什麼？

按理來說在這個島嶼上有這麼一個龐大的組織存在，沒可能連一點端倪都查不出來，那麼最可能的推論是殿騎士聯盟裡有內鬼——潛伏在他們身邊多時的常清恰恰證明了這個結論。但他僅僅只是一個騎士，真的擁有這麼大能力嗎？

那麼，會不會其實還有一個內鬼，並且這人在內部的位置還不低，至少是可以掌控全局的人物。

……難道身為儲君的蘭薩特，就是那個內鬼嗎？

兩年前到底發生了什麼事，哥哥……

「夏憐歌？」莫西把手放到她眼前揚了揚，「怎麼了？」

夏憐歌這才恍然回過神，張了張口想把剛才的想法告訴莫西，但轉念一想又覺得不妥當，便只是輕輕的搖了搖頭：「沒事，有些累了。」

「累了就去休息吧。」莫西說著，又像是突然想起了什麼般，輕輕的嘆了一聲，「兩位閣下最近也是忙得不可開交，常清又……」

說到這，他的神情一下子複雜起來，皺著眉頭像是在思索，好久之後才有些小心翼翼的開口：「夏憐歌，我問妳，常清他……真的背叛了十秋閣下嗎？」

夏憐歌的動作一頓，臉色瞬間沉了下來：「……嗯。」

「可是怎麼會這樣呢……明明是那個常清，那個對十秋閣下那麼忠誠的常清啊。」莫西有些落寞的垂下雙眼，聲音甚至開始哽咽起來，「我還是不想相信他是黑騎士聯盟的人，如今他又……又死得如此蹊蹺，我總覺得這事……」

「等等，你說什麼？常清死了？」彷彿一個響雷在耳際炸開，夏憐歌猛地站起來，不可置信的抓著莫西。「怎麼可能？我之前還去看過他，他為什麼會無緣無故死了！？」

常清可是目前為止唯一可以追尋到哥哥下落的線索啊！為什麼會死掉？

莫西的聲音變得更低了，似乎一點也不想談及到這個話題：「不知道……死因到現在都還沒查明，內外傷都沒有，看起來簡直就像是自然死亡一樣……」

自然死亡？

夏憐歌心裡一顫，記憶開始飛速的往前退去，她想起在她剛剛進入薔薇帝國學院之際，那個為愛變成了怨靈的幽靈少女。

愛麗絲不也是……這樣子莫名其妙死去的嗎？

難道殺死他們的是同一個人？

而且，常清的武力值那麼高，又有誰能夠輕而易舉的殺死他？

怎麼想也想不出個所以然，夏憐歌有些不甘心的低下了眼眸。「……那有問出什麼嗎？像是黑騎士聯盟的線索，或者關於兩年前的事？」

他情緒低落的搖了搖頭：「沒有，常清什麼也不肯說。」

夏憐歌一下子頹然的跌坐在沙發上，異常苦惱的搗著眼。「就是說線索斷了……」

莫西不忍再答話，只能輕聲的嘆了口氣，拍拍她的肩膀安慰：「妳哥哥的事總會有辦法的，有兩位閣下幫妳。」

想到剛才自己的猜測，夏憐歌突然覺得這裡誰都信不過了。哥哥失蹤的背後肯定隱藏著重大的不可告人的秘密，而有人要阻止這個秘密被揭發，才會導致兩年前的失蹤事件。她要用自己的辦法查出來，不想假手於人，在事情沒有徹底真相大白之前，也不想相信這裡的任何人，包括蘭薩特。

「我要去見儲君。」夏憐歌忽然站起身來，把搭在椅背上的外套披在身上，跟莫西告別了一聲後，轉身出門就離開了。

夏憐歌進到事務廳的時候，蘭薩特正坐在案前翻看著一疊五公分厚的文件。她發現十秋不在，隨口問了一句。

蘭薩特頓了一下，瞬即恢復往常的模樣。「他跟蒲賽里德去查點事。」

「……常清死了的事，是真的嗎？」夏憐歌走到他身邊，睜著一雙明亮的眼眸定定的看著他。

蘭薩特沒想事情這麼快就傳到她那邊去，看著她頓了一頓，沉沉應了聲是。

「他曾經是哥哥的騎士，一定知道兩年前的事……」

「……所以黑騎士聯盟那邊才將他滅口了吧。」蘭薩特接下了話，握著紙張的手緊了緊，似乎也不願過多的提及此事。

「……那他們為什麼要把全學院的人記憶去掉？」像是掙扎了許久，夏憐歌終於咬下了嘴唇，開口問道。

「不清楚。」蘭薩特繼續看文件。

「為什麼不讓殿騎士的人去查？可以輕易改變他人記憶的ESP，擁有這種能力的人……」

夏憐歌的聲音越來越響，蘭薩特這才從文件上移開目光，抬頭看著她，眼中滿是疑惑。

「夏憐歌，妳懷疑我？」

她沒否認。

「你是學院的當權者，如果學院出了什麼不能讓外界知道的轟動性大事，而學院方面為了掩蓋這件事，所以處置了知情者和清除學院學生的記憶，那兩年前的事也說得過去，不是嗎？」

蘭薩特臉色凝重的看著她說完，滯了一會，突然笑了出聲，不由得舉起雙手鼓起掌來。

「很好，夏憐歌，妳的表現值得稱讚，這是妳在成為我的騎士後，變得最動人出色的一面。」

「請您別打岔，閣下。」

「但妳卻是殿騎士聯盟裡，最為低劣的騎士。」蘭薩特鄙夷的挑起嘴角，聲音也變得嚴厲起來：「身為騎士，妳膽敢懷疑妳的主人！」

話音剛落，他就像一頭暴怒的豹子直衝夏憐歌而來，一個猛力扳過她的手腕，將她按在桌案上。夏憐歌沒有料到他的動作竟然這麼快，一下子沒反應過來，等回過神時只覺得後腦重重的磕在桌上，痛得眼前一黑。

下一秒，她就看見蘭薩特神色陰狠的盯著自己。蘭薩特張了張嘴，低聲說了句夏憐歌聽不清的話，之後揚起手來，指間繚繞的煙霧頓時凝成一柄銀色鑲花的匕首。

夏憐歌瞠目結舌的看著他，身體動也不能動。蘭薩特卻輕巧的笑了，輕輕的壓低了聲音：「妳說得不錯。雖然妳不中用，但我還是滿喜歡妳的，只可惜妳知道的太多了。永別了，我的騎士。」

匕首猛地朝夏憐歌胸前刺下。

夏憐歌絕望而又悲傷的閉起雙眼，然而等了許久，卻沒有預料之中的痛楚。再睜眼，只覺得眼前一片雲霧繚繞，香氣襲人，然後是蘭薩特那張精緻到讓人窒息的臉。他就這麼盯著她，一揚手，那柄銀花匕首立即化成淡煙消融了。

蘭薩特笑了起來：「如果真的像妳所說的那樣，那這時候我絕對得立刻殺了妳。夏憐歌，妳真是蠢到家了……」

夏憐歌死死的盯著他，好久才長長呼出一口氣，連肩膀都顫抖起來。「是的，如果事實真如我所說那樣，你絕對會殺了我……」

聽到這話，蘭薩特不由得一愣：「夏憐歌，妳試探我？」

扳開他按著自己肩膀的手，夏憐歌翻身爬了起來，輕輕咳了兩聲：「我不聰明，但也不至於太蠢好嗎……」

蘭薩特盯著她好一陣子，才朗聲笑了出來：「那如果我是呢？」

她愣住了，自己竟然沒想過這點。

夏憐歌只是想著，就算在學院裡找到另一個擁有這種ESP能力的人，也沒辦法將蘭薩特的嫌疑消掉，那還不如直接與他來場對質－是就是，不是就不是。她幾乎是下意識的相信蘭薩特，想著只要能證明他是清白的就足夠了，居然沒有想過倘若他真的就是幕後指使黑騎士聯盟的那個人，自己會陷入到怎麼樣的處境之中。

「我也不知道。」夏憐歌喃喃：「如果你真的是……我也不知道該怎麼辦了。」

蘭薩特琢磨著她這話，一時不知所措起來。「妳這個白痴，妳這樣做──」

「我是為了哥哥。」夏憐歌接下了話，抬眼看著蘭薩特，兩人雙目一碰，卻又下意識的避了開去。「哥哥的失蹤絕對不是那麼簡單的！我必須找人幫忙……必須要找一個絕對可信的人。」

蘭薩特嗤笑：「那妳為什麼不去試探莨西，或者去試探朔月，而跑來找我，嗯？」

夏憐歌抿抿脣，瞬間像隻被逼急了的兔子一樣跳起來就喊：「誰都可以！只要幫我找到哥哥就誰都可以！」

說著轉身就要往外走去。蘭薩特猛地一把將她拉回來。「夏憐歌，妳就這麼在乎妳哥哥嗎？」

夏憐歌掙了兩下，蘭薩特卻將她的手臂抓得越來越緊。夏憐歌大嚷起來：「放手！」

「回答我問題！這是命令！」

「招夜哥哥是我的一切！」夏憐歌直直的盯著他，眼中泛起閃閃的淚光。

蘭薩特看著她那張要哭出來的臉，不禁嚇了一跳，一時啞然的立在那裡，手上的力道也不自覺的放鬆了。

夏憐歌抬起袖子抹了抹眼睛，低低的嗚咽起來，忽然朝蘭薩特又打又罵起來：「招夜哥哥失蹤之後我老是做夢，夢見他坐在我的床邊說要走了，說以後就不回來了。如果……如果他真的再也不回來了，那時候我要怎麼辦，我要怎麼辦啊，嗚嗚嗚……」

被她嚇了一跳的蘭薩特一下子不知道該怎麼辦才好，在腦海裡搜尋了一圈也沒找到什麼安慰人的話，只好低下了聲音輕輕的哄道：「好了好了，大小姐，我求妳了，妳別哭了行嗎？我幫妳找妳哥哥，誓死幫妳找回來總行了吧？」

夏憐歌抬起哭紅了的眼睛看著他，仍舊止不住低聲的抽噎。蘭薩特雙頰一熱，「嘖」了一聲就別開臉去。

過了半晌，夏憐歌才用哭啞了的聲音緩緩的說道：「你……你說話要算數啊。」

蘭薩特一愣，眉頭微微的斂了起來：「嗯……」

心裡驀然泛起了不知名的情感。

夏招夜、夏招夜，為什麼那個人可以在她的心裡占據如此重要的位置？如果有一天，夏招夜這個人不在了，又或者，他真的就這麼走了再也不回來，那她要怎麼辦？

異樣的思緒被從外頭傳來的十秋那有點疲累的叫喚聲打破。蘭薩特應了一句：「我在這，怎麼了？」

「彼方？」

十秋推開門進來，看見夏憐歌那張哭花了的臉時一皺眉，也不打算理她，徑直走到沙發上坐下，從桌下取出筆記型電腦打開。

夏憐歌這才想起自己的失禮，連忙抬起手臂擦了擦臉上的淚水。

「常清的死因跟之前的愛麗絲一樣，究竟是什麼造成的還沒有頭緒。」十秋似乎這時才真正接受了常清是內鬼的事實，但說到常清時聲音還是忍不住低了低。過了好半晌，他才抬起頭來看向螢幕，眼鏡在光線的反射裡泛出了微微的藍光。

「不過，倒是找到了一些挺奇怪的消息。」

「嗯？」蘭薩特走過去挨著十秋坐下。

看著兩人神色凝重的樣子，夏憐歌也跟著湊了過去。

十秋移動滑鼠點了點桌面上的一個圖示，發表在學院主頁上的一則新聞頃刻跳了出來，講的是南港那片海域浮出大量紅色海水的怪事，已經在校內傳得沸沸揚揚。

蘭薩特流覽著網頁上的照片，一臉疑惑：「這是怎麼回事？」

「不曉得，但暫時沒出什麼事。我已經派了專門小組負責調查了，恐怕要等到明天才有結果。」十秋說著，又滑到新聞正文下面的留言看。

「會不會是海道逆流，類似百慕達那種？」蘭薩特往電腦前湊了湊。

夏憐歌有點好奇問道：「那是什麼？」

「不是說有人試過在百慕達海域注入了一百噸紅海海水，半年後從太平洋倒灌出來的事嗎？」

十秋不置可否的偏著頭想了想，說道：「倒不是說沒可能，但南港那邊的海域不是第一次出事了。」

一聽到他這麼說，夏憐歌突然想起剛才跟莫西在圖書館看到的記事，聲音都不知不覺的提高了起來：「是不是兩年前建水族館海下走廊的時候，劃進工程範圍內的那片海域？」

十秋古怪的看了她一眼：「妳怎麼知道？」

「我為了查兩年前的失蹤事件，曾經翻查過這些年間的學院記事，有看到過這件事。」

十秋「嗯」了一聲：「那妳還有查出些什麼嗎？」

夏憐歌搖了搖頭，又想起在水族館裡遇到的那尾人魚的事，有些悵然的說道：「但我總覺得……南港海域的事跟兩年前的失蹤事件有關。」

蘭薩特嘆了口氣，靠在沙發上不說話了。

一下子整個房間都安靜了下來。夏憐歌實在受不了這種沉重的氛圍，動了動身子忍不住想再說些什麼之時，卻見那邊的蘭薩特揉了揉眼睛，一副想睡卻又強打起精神的模樣。

見他如此睏乏，十秋便開口讓夏憐歌先走了。夏憐歌呆呆的應了聲，行到門外的時候，她聽見十秋輕聲問了蘭薩特一句：「怎麼了，又整夜沒睡嗎？去睡一會吧，我在這守著你……」

心裡驟然升起了一絲異樣的情緒，濃稠的籠在心頭久久不散，但她又說不上來那究竟是什麼，等到他們說話聲漸漸的輕了下去，夏憐歌才挪開腳步，緩緩的將門掩上。

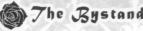

05

骸骨・人魚港・深海的輓歌

對方像是聽不到她的話似的，依舊在幽幽的重複著——

「救救他，救救他……」

聲音像是魔咒直直的闖入她的腦海，空靈得幾乎要讓人落下淚來。

妳想讓我救的究竟是誰？

到底想對我述說些什麼……

The Dirge from Deep Sea.

夏憐歌打算到南港那邊的海域去看看。

如果南港的事情與兩年前的失蹤事件有關的話，人魚說不定是想給自己提示，那個莫名其妙的夢以及水族館的事件，那尾人魚一定是有什麼想告訴她的，而這次南港的紅色浮水也可能是線索。

這麼想著，夏憐歌就打定了主意，只要去南港的話，說不定還能再遇見那尾人魚。

第二天早上，夏憐歌獨自叫了專車前往南港。似乎是因為這次的紅水事件，那邊的海岸和碼頭已經被暫時封閉起來，對外兩百米的地方就拉起了警戒線。

她拿出了薔薇釦，說是受蘭薩特的吩咐介入調查的，已經得到了進入許可。調查組上頭一看見這東西，態度一下子來了個一百八十度大轉彎，一臉諂媚的詢問有什麼需要。

「那個……我想去出事海域看一看……」

話還沒說完，身後驀地冒出一個聲音：「我就知道妳肯定會來。」

居然是蘭薩特！

見他忽然冒出來，夏憐歌也嚇了一跳：「等……等等，為什麼你也在這？」

「身為儲君，出了這樣的大事，妳覺得我不應該去看看？」緩步走到碼頭，蘭薩特這麼說著，步上登船梯跳到甲板上，又回頭去拉跟在他身後的夏憐歌。

夏憐歌盯著他伸過來的手，有點不好意思，但拒絕的話又好像顯得多在意似的，只好交了手上去。

「怎麼不見十秋？」

「他昨晚守了我一晚上，我讓他去睡了。」說罷，蘭薩特叫人去解了纜繩，船慢慢的駛離了碼頭。

天氣沒有預想中的好，有點陰沉沉的，海風撲面吹來，帶著鹹腥的味道。兩人就站在甲板上倚著欄杆百無聊懶的看浪花，一句話也沒有。

到了最後，夏憐歌實在受不了了，醞釀了好久才想出個正經的話題來：「說起來，昨天跟莫西在資料室裡稍微查到了一點線索，兩年前失蹤的人，很可能就是那一屆的圓桌騎士們。」

「圓桌騎士？」像是聽到了什麼奇怪的事情一般，蘭薩特微蹙下了眉。「不可能啊。」

「啊？」夏憐歌有些不明所以了。「什麼意思？」

「理事會那邊存有殿騎士聯盟的成員統計表，雖然沒有做的太詳細，但每年都會把聯盟成員的年級和具體身分做出一個大概的統計來。」

蘭薩特臉上的神情越來越凝重。

「前幾天我才去翻過那些統計表……因為兩年前的殿騎士聯盟裡只有一個圓桌騎士，所以我對那一年的統計表印象很深，還在想為什麼那一屆圓桌騎士都那麼廢，居然只有一個人成為殿騎士聯盟的正式成員……」

「怎麼可能！」聽到這，夏憐歌一下子愣了。「我昨天去查了一下，兩年前那些獲得圓桌騎士頭銜的學生資料跟檔案，全部空缺啊！」

「也就是說……」蘭薩特撫著下巴沉思，過了好一會兒才又淡淡的開口：「兩年前那一屆圓桌騎士當中，有一名學生沒有涉及當年的失蹤事件，並且還成為了殿騎士聯盟的成員嗎……」

「為什麼會這樣……」夏憐歌感覺自己全身的力氣彷彿一下被抽空了。「那、那現在，還可以從理事會的資料裡找出那名圓桌騎士嗎？」

蘭薩特有些苦惱的搖了搖頭：「沒辦法，因為那些統計表也只是對成員身分進行粗略統計，並沒有詳細到標出每個學生的名字來。而且都已經是兩年前的事了，在那之後殿騎士聯盟的成員也是有所流動的，現在才來找那名圓桌騎士，根本就無從查起。」

那唯一一位沒有失蹤的圓桌騎士……到底是誰？

事情好像變得更加撲朔迷離起來，兩人都各自安靜的整理著自己的思緒。夏憐歌左思右想，感覺整個腦袋好像都要炸掉了，也想不出個所以然，乾脆把這些事情先擱一邊，抬頭望了望越來越陰沉的天氣。

「照這樣的速度，要多久才能到達出事海域？」

那邊還在思考事情的蘭薩特滯了一下，直接伸手指著前面：「不是看見了嗎？」

夏憐歌循著他指的方向一看，立即瞠目結舌的站在那裡。

在前方不遠處的海域上，一片如血的猩紅浮在水面，擴散開去似有好幾海浬，附近坐落的幾座導航燈塔，都被困在這一片血紅之中。

「……這，、這怎麼回事？」

「還不知道，之前猜測說是海水裡的微生物變異導致的，但化驗結果出來卻沒發現異常，只是一進到那片海域，所有的通訊系統都會受到影響。」

說著，蘭薩特拿出手機來讓她看。果然，越往那邊去，訊號就越微弱了。

夏憐歌不禁想起了那尾藍色的人魚，小心翼翼的問道：「會不會是海底有什麼在？」

「有這個可能，不過這麼大的一片海域，要徹底清查的話估計得花點時間。」

蘭薩特一邊這樣說著，一邊走到艙口去，弓身向裡頭喊了兩句話。不一會快艇就往一邊燈塔的碼頭靠過去。

夏憐歌有些疑惑的問道：「去燈塔？」

「對。」

「去那裡幹什麼？」

「這幾座燈塔都在出事海域裡，總之先去看看。」

話音剛落，船已經停靠了碼頭。夏憐歌的腳一踏上岸，耳邊就又響起一陣翁鳴聲，震得她連忙摀住耳朵。有一絲隱隱約約的旋律灌進耳裡。

她難受的半睜著眼睛。這種感覺，在水族館裡也曾經遇到過……

看見她奇怪的舉動，蘭薩特連忙過來扶她一把，聲音裡帶著深深的關切：「怎麼了，妳暈船？」

歌聲戛然而止。

夏憐歌放開了摀著耳朵的手，抬起頭，奇怪的看了蘭薩特一眼，怔了好半晌才搖了搖頭：「沒事……」

語畢，她抬起腦袋環視了一下四周。

這是一個不大的小島，只有碼頭近岸的植被較為稀少，往後而去便是大片的未開發森林保護區。建在中央的燈塔高約有十二米，外層是厚重大塊的青石，看起來是有些年代的東西。頂部似乎是近年經過修葺，磚石的顏色看起來比牆壁光潔明亮得多。

「我上去看看，妳在這裡待著。」說完，蘭薩特拿出鑰匙就往燈塔裡去了。

夏憐歌正想著下船時聽見的那陣歌聲，等蘭薩特走遠了，她便獨自一人沿著森林邊線走。

沒想海岸的地勢越來越往高處拔起，大概走走停停了五、六分鐘，夏憐歌居然走到一個幾十米高的臨海斷崖，海風吹得衣角獵獵翻飛，浪花撲騰到崖石上撞碎成潔白的泡沫。

奇怪……這個場景以前好像也在夢境裡看過……

夏憐歌佇立在那裡，黑色的長髮被風吹了起來，剎那間那陣歌聲又不知從何處而來，彷若冰涼的海水一般汩汩湧入耳郭，纏綿悱惻，聲音單薄而悲哀。

那把在夢境和水族館裡聽到過的熟悉聲音又再次響起──

「救救他。救救他。救救他。他想要看見光。」

如同塞壬那迷惑人心的歌曲，夏憐歌一瞬間覺得自己似乎連靈魂都要被吸走了，條件反射的問出了聲：「妳到底是誰……妳知道些什麼嗎？」

對方像是聽不到她的話似的，依舊在幽幽的重複著：「救救他，救救他……」

是水族館裡的那尾人魚嗎？

她垂下了眼瞼，下面是洶湧翻滾的大海，那一大片怵目驚心的深紅色把整個視野都染紅了，卻仍然沒有看見人魚的影子。

聲音像是魔咒直直的闖入她的腦海，空靈得幾乎要讓人落下淚來。

「請妳來帶他走吧。」

妳想讓我救的究竟是誰？

「我只能作為一個旁觀者，一直看著他，只能不停的、不停的陪他說話……」

到底想對我述說些什麼……

「然而他看起來，仍舊是，好寂寞的樣子。」

妳到底——

耳邊驟然掠過一陣尖銳的風聲，還沒等夏憐歌回過神來，就感覺一個巨力劈向她的頸後。剎那間意識像被抽離了一般，夏憐歌軟倒了下去，鋪天蓋地的黑暗彷彿一張大網，將她整個人都網住了。

一聲微弱的嘆息和著鞋子踩在沙礫上的聲響傳進耳中，聽起來像是從壞掉的收音機裡發出來的一般，盡是一片沙沙作響的雜音。

身體被人抱了起來。她想睜開雙眸，卻感覺眼皮像被融進了鉛水般沉重，身體如同斷了線的木偶，無法動彈。

「早知道妳跟夏招夜一樣麻煩的話，應該一開始就剷除掉的。」

聲音毫無溫度，似乎是說給她聽，又像是在自言自語。

就在這時，對方的動作好像突然被人牽制住，緊接著她聽到天光略顯焦灼的聲音：「等等！你要對主人做什麼！」

「主人？啊啊，我還以為是誰呢，原來你就是她的『守護靈』嗎？」那人也不驚訝，反而是輕巧的笑了起來，順手從她的口袋裡摸出那顆海藍色的寶石，拿在手裡掂了掂。

「你……！不要碰那個！」天光撲了過來，卻被那人一個閃身躲過。

「哎呀……運氣不錯，又拿到一個ESP增值器了。」說著，那人的語氣倏地冰冷了起來：「不過就是一塊寶石剛剛形成不久的『靈』，你以為有能力贏得了我嗎？」

——接下來發生了什麼，夏憐歌已經不知道了。

她感覺自己被人狠狠拋下，冷冽的海風從臉頰呼嘯而過，海浪拍打的響聲越來越近，下一秒，她像是撞入了柔軟的棉絮之中，海浪聲在耳際化了開去，世界消音了。

冰冷的海水如同一個密實的蛹將她緊緊圍住，夏憐歌好像看到交織在一起的紅色與藍色劈頭湧來，寒意侵蝕進四肢百骸。她張口想要叫喚，聲音卻被這無邊的寂靜淹沒住了。

夏憐歌痛苦的掙扎起來。

人魚的歌聲又出現了，而且越來越清晰。

明明沒張開眼睛，夏憐歌卻彷彿能看見那人魚的模樣。她感到那條人魚朝著她而來，身體像是跟著歌聲在海裡舞動一般，輕盈而優雅。

人魚凝望著夏憐歌，像是在凝望著古老而又遙遠的信仰，黑洞洞的眼窩裡卻盛滿了深深的悲哀。而後她虔誠的低了低頭，眼角滲出的水珠在這無邊無際的深海裡漾開。

——妳終於來了。

人魚游了過來，身後似乎負著一個黑漆漆的人影，夏憐歌看不清那究竟是誰。

——他在這裡好久了，請妳帶他走吧。

——讓他看見光吧。

——我再也不能陪伴他了……

身體被摟住，彷彿凝結進刺骨的寒冰之中，那纖弱的臂彎冰涼又柔軟。

那一瞬間，夏憐歌硬是憑著自己的意志，將手伸進了衣袋裡。

她想，天光，天光，你回到海裡來了，你可以永遠陪伴著她了。

你等等啊，天光，我這就把你交給她。

可是她什麼都摸不到。

寶石呢？她的「波塞冬」呢？

啊……被剛才那個人拿走了……

手指漸漸的垂了下來。

而那尾摟住她的人魚，倏地猶如觸到日光的冰雪，在無人知曉的深海裡化為一蓬泡沫，消失得無影無蹤。

再也找不著了。

夏憐歌突然覺得自己整個人變輕了，剛才那種窒息的痛苦已煙消雲散。

聽說人在海裡淹死的時候，到最後一刻會覺得異常的寧靜和安詳，夏憐歌沒想原來那是真的，就宛若置身於廣袤的宇宙之中。

她睜開眼時，正瞧見折射下來的幽藍色陽光，波浪的形狀有如煙火在夜空中劃開的絢爛光華，世界在一剎那變得無比靜謐。

時光彷彿回到了好久好久以前，就在那棵挺拔的細葉榕上，自己還躺在哥哥的臂彎之中。夜風帶著桂花的香味，兩個人偎在一起等著看煙火綻放，那時哥哥把她的雙手納入掌心，輕聲道：「憐憐，冷的話要說啊。」

似乎還能聽見那個溫柔的聲音。

——憐憐，別睡，待會妳要看不見煙火了。

——憐憐，醒醒……

眼前的景象逐漸模糊了，取而代之的是誰焦急的叫喚著。

「夏憐歌！」

「不要嚇我，醒過來啊！夏憐歌！」

是蘭薩特。

「不准死！這是絕對命令，聽見沒有！」

蘭薩特……

哥哥……

記憶被拉了回來，而夢中兄長那雙握著自己的手，瞬間被苒苒的時光蝕成了白骨。

◇◇◇

清醒過來的時候已是夜晚。夏憐歌只覺得肺部灼痛難受，海裡的那個夢境像是洪水猛獸一樣襲了過來，她看著自己空空如也的雙手愣了一下，忽然撕心裂肺的尖叫了起來。

彷彿啟動了某種開關，房間外面頓時一陣吵雜，一堆人推開了門魚貫而入。

走在最前頭的是蘭薩特，霎時所有的景象在夏憐歌眼裡像是默劇一般飛速掠過。所有聲音都聽不見了，蘭薩特扶著她的肩膀大聲喊著什麼，又倉皇的轉頭去問穿白衣的醫生。

深海裡的夢境一遍又一遍的在腦海裡重放，夏憐歌止不住的哭了起來，發了瘋似的跳下床，拉住蘭薩特的肩膀聲嘶力竭的叫嚷著：「蘭薩特！我在夢裡見到招夜哥哥了！我又看見他了……」

蘭薩特一愣，神色突然難堪了起來，抬起的手在半空僵了好久，才輕輕的放下去，安慰似的拍了拍夏憐歌的背脊，聲音像破敗的答錄機一般嘶啞：「沒事了，夏憐歌，我在這裡……」

夏憐歌卻越發激動起來，死命推著抱住自己的蘭薩特：「不行！我要去找哥哥！蘭薩特你不是這個帝國的儲君嗎！你幫我啊！派人去找啊！你……」

蘭薩特垂下了目光，也沒有動，似乎在竭力忍耐著什麼，就這樣任夏憐歌的拳頭往自己肩上落下去。等到她叫嚷得累了，蘭薩特才抬起頭，緩緩的用自己寬厚的手掌包住她的雙手，眼裡盡是說不清的複雜情感：「妳已經……把他帶回來了。」

「真、真的嗎？」一句話像是夜空裡綻放的煙火，夏憐歌心裡頓時升騰起巨大的喜悅，說話都開始不俐落起來。「那……那哥哥現在在哪裡？快點帶我去見他！」

一旁的十秋走上來似乎想說些什麼，卻被蘭薩特攔住了。他的表情陰晴不定，取了自己的外套披在夏憐歌肩上，把人抱下床：「……跟我來吧，夏憐歌。」

一路上夏憐歌的心情都雀躍不已，每過幾秒鐘就催促蘭薩特走快一點。蘭薩特卻是拖著極其緩慢的步伐在走。夏憐歌有些抱怨，轉而又露出欣喜的笑。

見到哥哥之後，她應該跟他說些什麼呢？這兩年來他究竟都去了哪？過得好嗎？一定長高了吧！頭髮或許也變長了……

想著想著，眼睛裡不禁泛出了晶瑩的淚花，夏憐歌簡直想立刻撲進哥哥的懷裡大哭一場。

走進走廊盡頭一個偌大的昏暗房間裡，蘭薩特頓住了腳步，雙手緊緊的捏成拳頭，指甲都深深的刺進了手掌裡。

他咬著牙低聲喃喃：「我也不知道帶妳來見他，究竟是對還是錯……」

「嗯？」夏憐歌也沒聽清，抵不住心中的焦慮，一邊左右張望一邊著急的問道：「哥哥呢？哥哥在哪裡？」

房間的地板都是灰青色，中央擺著一個床位般大的水箱養殖槽，裡面注滿了冰藍色的液體，似乎還浸泡著一副灰白色的奇怪東西。

蘭薩特輕嘆了一聲，有些不忍的指著那邊的水槽：「妳去看看。」

夏憐歌一臉狐疑，挪動著腳步靠近。水槽裡放著的居然是一副發白的人類骨骸！

剎那間，心中所有的喜悅都被湧上來的不好預感掩埋下去，夏憐歌後退幾步，抱著一絲似有若無的希望問道：「這是什麼？」

蘭薩特滯在原地沉默了。

見他不說話，夏憐歌連忙從水槽前跳了開來，拉著他的手一邊往外走，一邊「哈哈哈」的乾笑著：「你不是說帶我去見哥哥嗎？走啊，帶我去見哥哥。」

「……之前救援人員潛進海裡救妳的時候，發現妳一直緊緊的握著這副骸骨的手不放。」

像是終於艱難的下定了決心，蘭薩特緩步走近水槽，而身後的夏憐歌卻彷彿見到了什麼不好的東西一般，死命的拉著他的手往後退，語氣都開始激動了起來：「走啊！帶我去見哥哥！快走啊！」

「夏憐歌。」蘭薩特站定了腳步回過頭，一雙柚木綠的眼眸裡暗夜流轉。他從懷裡拿出一枚銀色鑲邊、雕琢成薔薇形狀的寶石，拉開夏憐歌那雙不知為何開始顫抖的手，將寶石輕輕的放入她的掌心中。

「這是從骸骨的殘留衣物上找到的、殿騎士聯盟管理者專用的校徽。裡面的學生資料還可以讀取，身體特徵和死亡時間也核對過，這個人……」

「你告訴我這些幹什麼！帶我去見哥哥！帶我去見哥哥啦！」夏憐歌突然歇斯底里的大吼起來。明明不想哭的，淚水卻忍不住從滾燙得嚇人的眼眶裡洶湧而出。

蘭薩特垂下頭，露出了悽楚的笑容：「夏憐歌，妳終於把夏招夜帶回來了……」

「胡說！我不信！」夏憐歌打斷蘭薩特的話。空氣進入咽喉裡，好像整個肺部都開始灼燒起來。

「你騙我，我不信，我不信！這人不是哥哥！這人不是……招夜哥哥還活著！」

身體幾乎站不穩，夏憐歌抱著腦袋蹲在地上。她不想哭，她不想哭，哥哥明明還活著，她哭什麼？哭什麼……可是止不住啊混蛋！心臟痛得好像隨時都要炸裂開來一樣，連劃過臉頰的淚痕都像岩漿一樣，將她燒得體無完膚。

要是這只是一場夢該有多好？要是一覺醒來，她還在那棵繁茂的細葉榕上，漫天星火輝煌，哥哥溫柔的笑臉近在咫尺，一切都沒有改變，一切都沒有失去。

要是這樣，那該多好？

她終於像個望著辛苦建造起來的秘密基地被人踏成廢墟的小孩子，放聲大哭了起來。

不是不相信，是不想去相信。

她找了他兩年，而找到的，卻是一副被淹埋在深深海底的白骨。

長久以來的支撐和信仰瞬間被擊成碎末，叫她如何去信？

夏憐歌哭得啞了聲音，卻怎麼也止不下來。蘭薩特站在一旁有些不知所措，定了定神走過去拉她的肩膀。

手指碰觸到她的那一瞬間，夏憐歌像是突然記起了什麼，發瘋似的抓緊蘭薩特的雙臂大聲嚷叫：「蘭薩特你不是可以刪改別人的記憶嗎！快點把我的這段記憶消除掉！快告訴我哥哥他還活著！他還活著！」

蘭薩特一怔，好半晌才反應過來，皺起了眉頭厲聲罵道：「那妳還想在這虛假的記憶裡繼續找妳哥哥找到什麼時候？十年？二十年？還是一輩子？就算這樣，妳哥哥也不會活過來！」

「那就乾脆讓我跟哥哥一起死掉好了！」

「妳……」

蘭薩特瞪大了眼睛，好像所有的情感在那一瞬間全部爆發出來一般，揚起手就是狠狠的一耳光。「妳以為妳哥哥想看見妳這樣子嗎！什麼叫一起死掉好了！」

夏憐歌被打得一愣，呆呆的望著眼前，什麼話也說不出來，眼淚卻無法停下。

蘭薩特頓時也覺得自己出手太過分，捏著手不知如何是好，聲音一下子低了下來：「妳哥哥為什麼而死，妳不想知道嗎？妳就這樣由著妳哥哥白白死去嗎？妳不想知道妳哥哥死因的背後，到底隱藏著黑騎士聯盟的什麼陰謀嗎？夏憐歌！」

她沒有答話，仍舊站在那裡輕聲的抽噎著。

蘭薩特嘆出一口氣，轉身就走，在快要掩上門的那一剎那，又回頭看了夏憐歌的背影一眼。夏憐歌就這麼站在那裡，背影羸弱又無助。

「妳好好的想一想，如果妳想繼續追查妳哥哥的死因和兩年前的事，就來找我，我會不惜一切代價幫妳的。」

頓了半秒，蘭薩特的聲音驀地低了下去：「又或者，妳真的想把這段記憶消除掉的話，我也會答應妳。」

他將門輕輕的掩上，霎時整個世界又重新變得寂靜無聲。

好像她此時還在那個藍光瀲灩的深海裡，四周環繞著人魚悲涼的歌聲。

夏憐歌看著那個浸滿了冰藍色的水槽，灰白的骸骨躺在裡面，彷彿被隔離進另一個她再也觸摸不到的空間裡。

夏憐歌緩步上前，輕輕的將手按在水槽的玻璃上。

寒冷噬進血液，她想起了人魚的聲音，那樣哀婉又充滿了絕望。

——他想要看見光。

——然而他看起來，仍舊是，好寂寞的樣子。

哥哥，哥哥，我的哥哥……

你在深深的黑暗裡掩埋了那麼久，你在無邊的寂寞裡沉睡了那麼久……

她將臉頰貼上沒有溫度的玻璃，眼淚終究是再次落了下來。

◇◇◇

蘭薩特單手托著下巴坐在事務廳裡的沙發上。日光透過巨大的落地窗傾斜進來，將他的半邊身子灼得疼痛。他皺了皺眉，挪著位置，手上拿著的文件卻怎麼也看不下去。

失蹤了兩年的夏招夜居然已經死了……那剩下的圓桌騎士估計也已經遭遇不測。但是這樣做對黑騎士聯盟究竟有什麼好處？當年唯一一個沒有失蹤的圓桌騎士又是誰？

種種疑問在蘭薩特的腦子裡匯成了凌亂的線條，他還沒來得及理清，它們又像烈火之下的冰塊般迅速消融，腦海裡頓時只剩下夏憐歌那哭泣著的臉龐。

他有些煩躁的「嘖」了一聲。

也不知道她現在怎樣了……是不是去看一下比較好？

剛這麼想著的時候，大門突然被人狠狠的打開，驚得蘭薩特渾身一顫。他回過頭去，看見夏憐歌雙眼通紅的站在那邊，像一隻膽小卻又倔強的兔子。

「夏憐歌？妳怎麼……」蘭薩特還沒有反應過來，就見夏憐歌握進雙拳一個箭步衝到他面前，一臉堅定的看著他，用還帶著哭腔的聲音大聲說著：「蘭薩特閣下，請助我一臂之力！」

蘭薩特怔了怔，夏憐歌又繼續說下去：「我……我不能讓哥哥死得不明不白，不論要付出什麼代價，我一定、一定要把凶手找出來……」

說著說著，夏憐歌的聲音漸漸的小了起來，豆大的淚珠又開始忍不住往下掉。

看著她這般的模樣，蘭薩特又心疼又好笑的站起身來，將她摟進懷裡，聲音溫柔得如同春天裡飛揚的柳絮：「這樣才是我所認識的夏憐歌。」

夏憐歌咬緊了嘴唇，雙手緊緊的拉住蘭薩特的肩膀，將腦袋埋在他的頸窩裡，輕輕抽噎起來：「我一定要抓住凶手……」

「我知道，夏憐歌。我會幫妳。」蘭薩特輕拍著她的背，彷彿是在許下一個天長地久的承諾。

「我會永遠陪在妳身邊。」

《少女騎士の深海人魚輓歌・旁觀者與深海的詣見》完

敬請期待更精采的《少女騎士05》完結篇

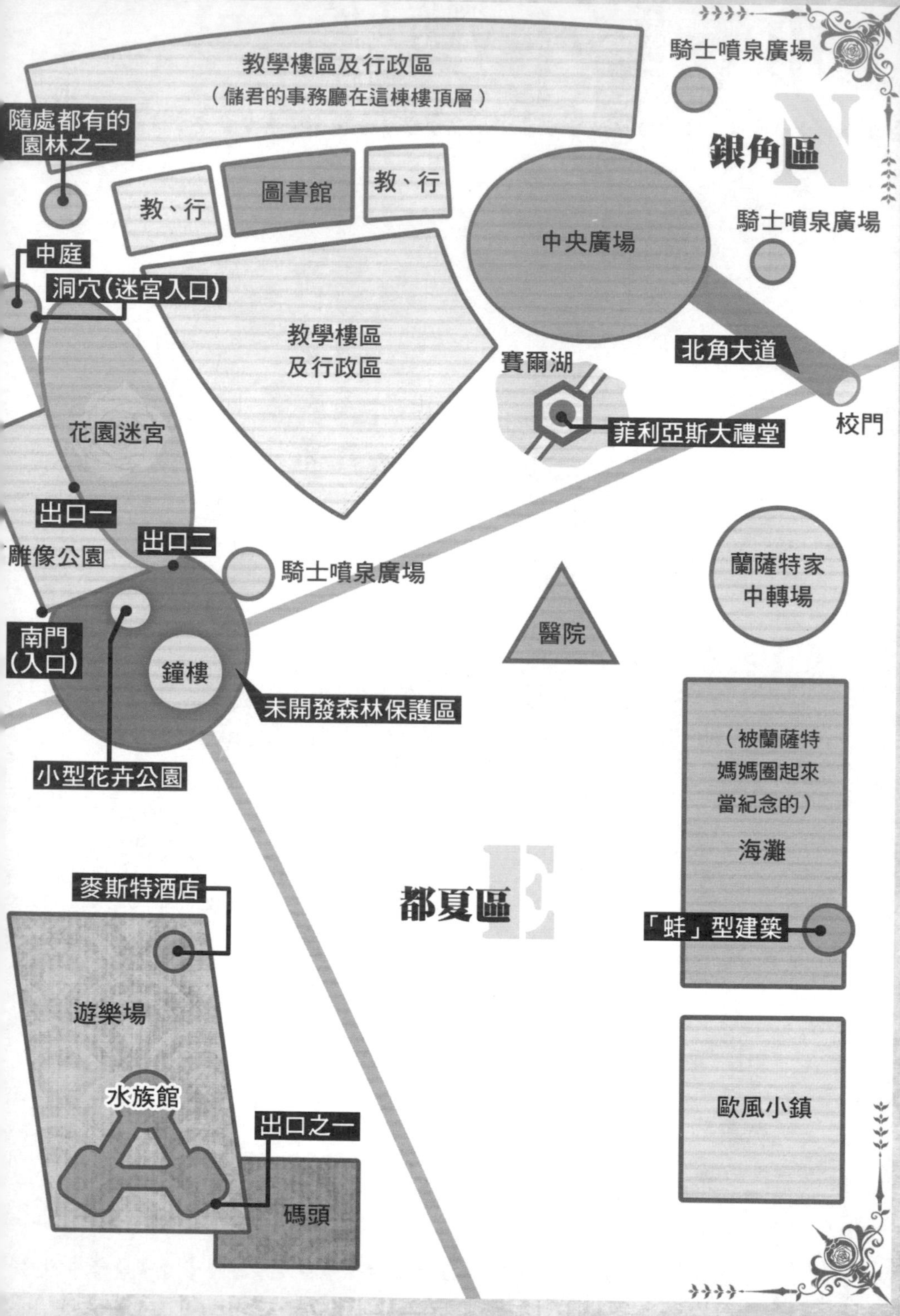
教學樓區及行政區
（儲君的事務廳在這棟樓頂層）
隨處都有的
園林之一
騎士噴泉廣場
銀角區
N
圖書館
教、行
教、行
騎士噴泉廣場
中央廣場
中庭
洞穴（迷宮入口）
教學樓區
及行政區
北角大道
賽爾湖
菲利亞斯大禮堂
校門
花園迷宮
出口一
出口二
雕像公園
騎士噴泉廣場
蘭薩特家
中轉場
南門
（入口）
醫院
鐘樓
未開發森林保護區
小型花卉公園
（被蘭薩特
媽媽圈起來
當紀念的）
海灘
E
麥斯特酒店
都夏區
「蚌」型建築
遊樂場
水族館
出口之一
歐風小鎮
碼頭

薔薇帝國學院平面圖

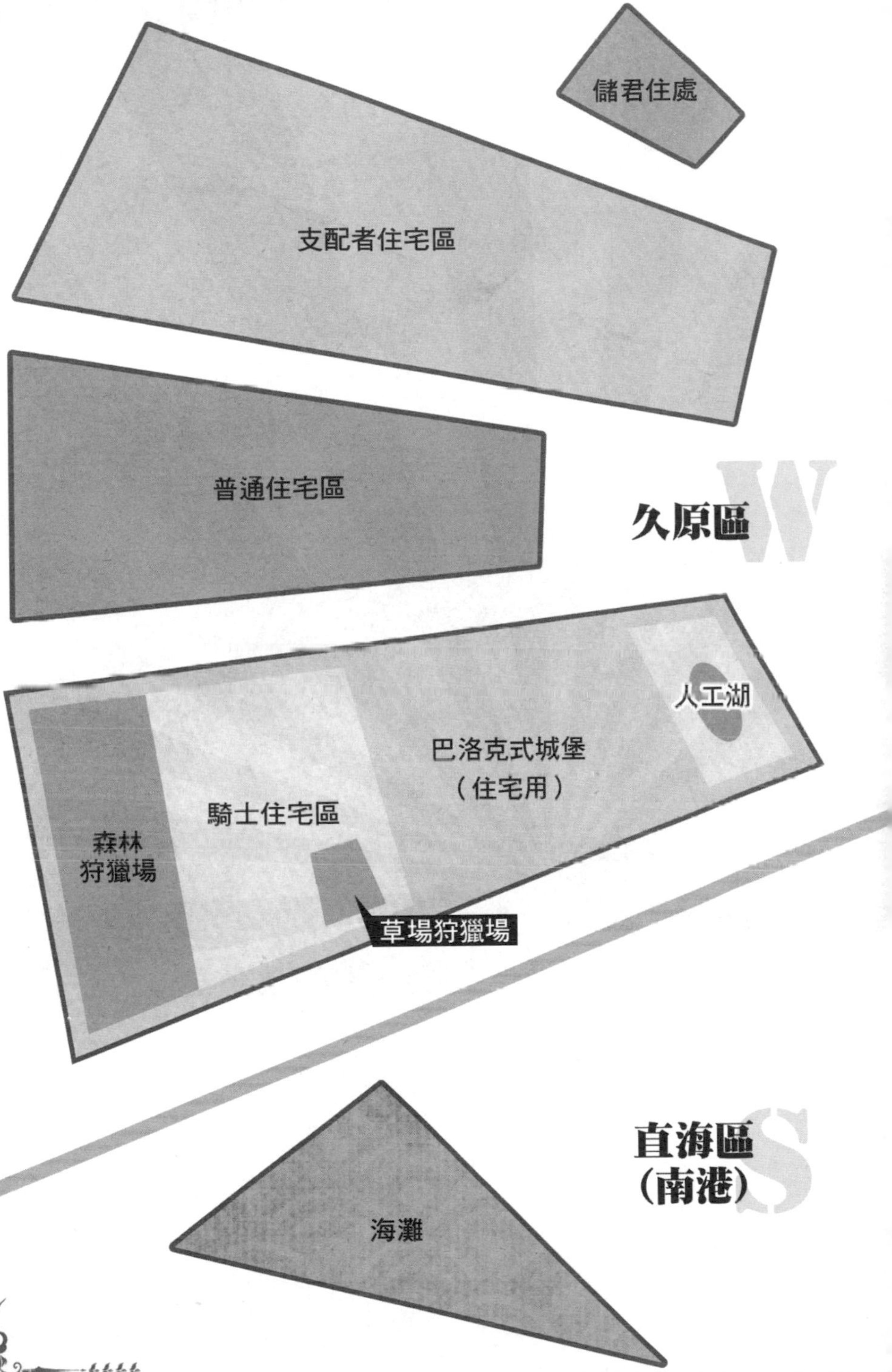

儲君住處
支配者住宅區
普通住宅區
久原區
W
人工湖
巴洛克式城堡
（住宅用）
騎士住宅區
森林
狩獵場
草場狩獵場
直海區
（南港）
S
海灘

圖柏島平面圖

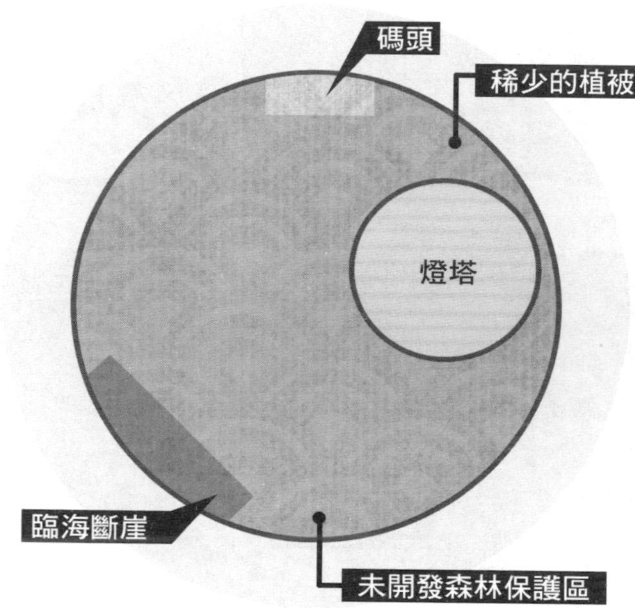

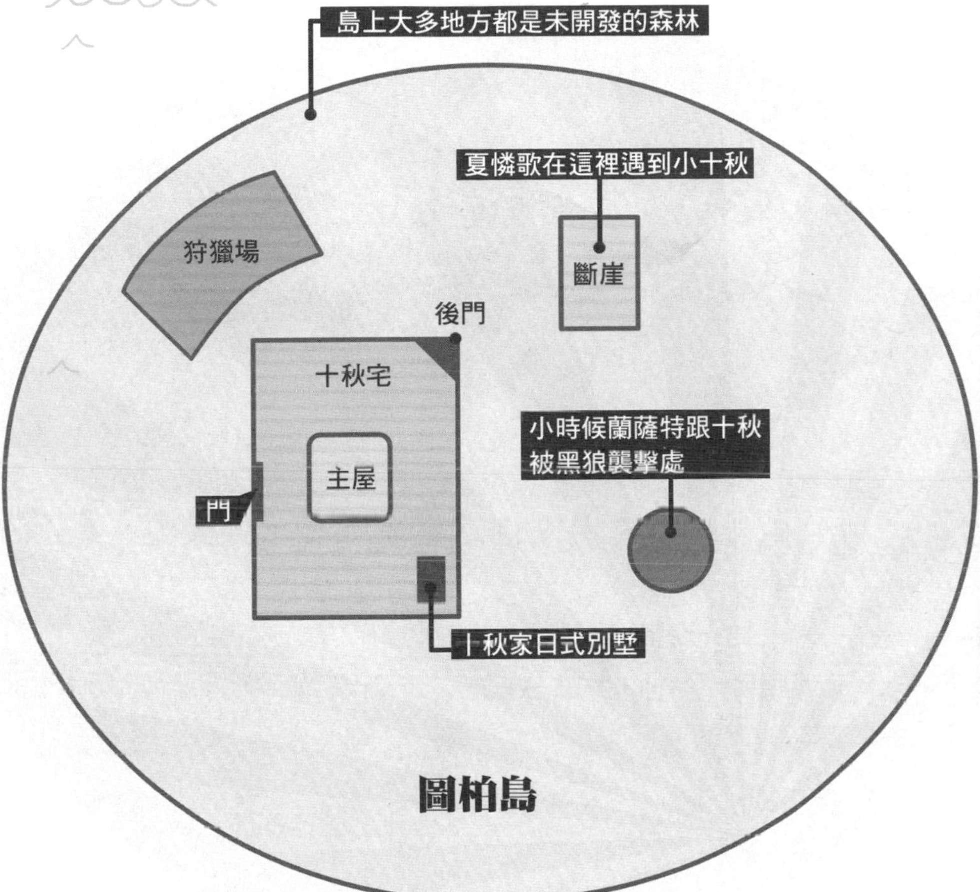
島上大多地方都是未開發的森林
夏憐歌在這裡遇到小十秋
狩獵場
斷崖
後門
十秋宅
主屋
門
小時候蘭薩特跟十秋
被黑狼襲擊處
十秋家日式別墅
圖柏島

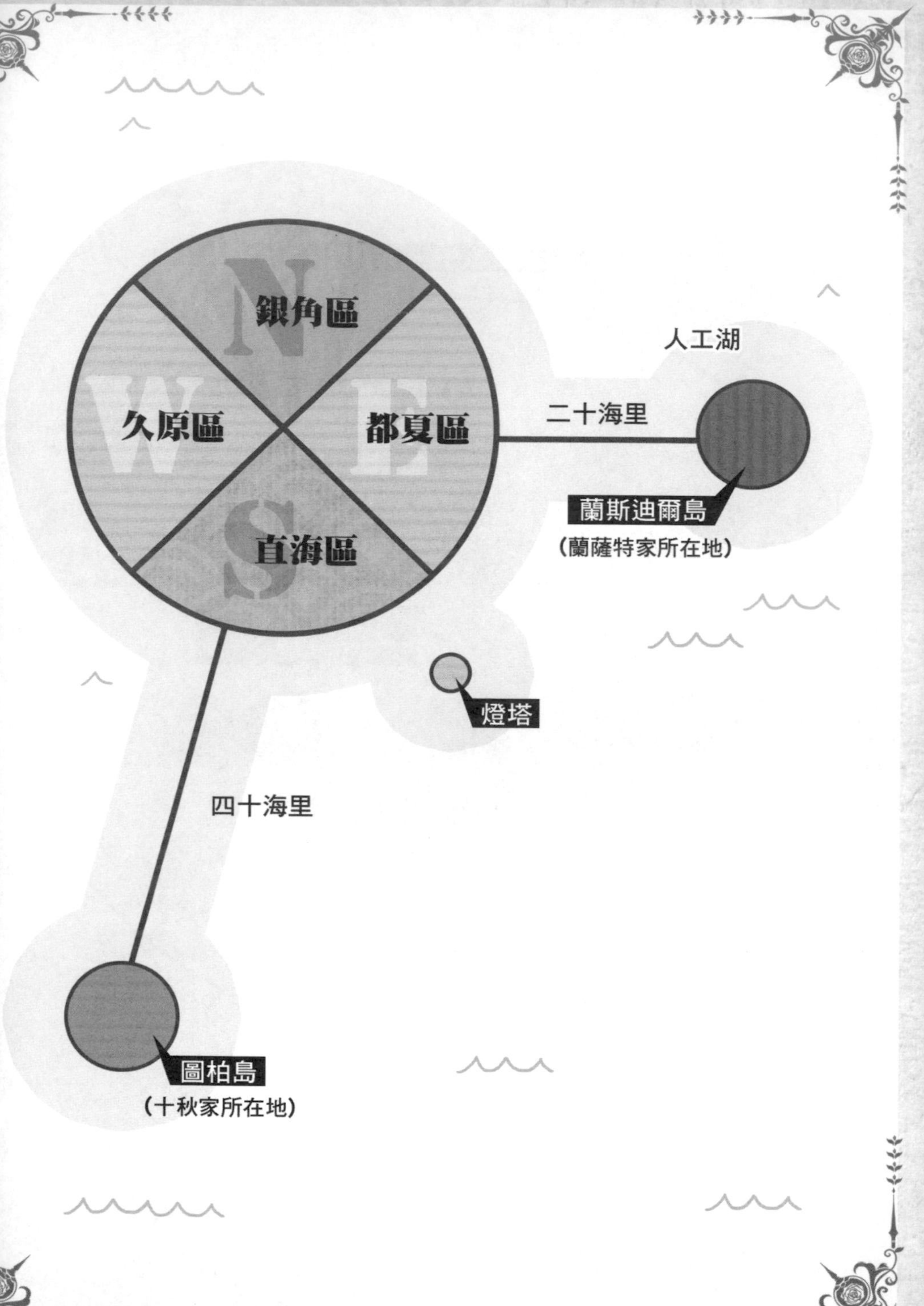

N
銀角區
W
久原區
E
都夏區
S
直海區
人工湖
二十海里
蘭斯迪爾島
(蘭薩特家所在地)
燈塔
四十海里
圖柏島
(十秋家所在地)

不思議特報

《現代魔法師》套書好禮相送!!

佐維大人，媽媽都已經將我託付給你了，
你也跟人家一起洗過澡，還CHU、CHU過了！
捨得讓督瑪自己一個人在床上睡覺覺嗎……

吐槽系作者 **佐維**＋知名插畫家 **Riv**

正港A臺灣民間魔法師故事

《現代魔法師》 驚爆登場！

活動辦法

凡在安利美特animate購買
《現代魔法師》全套八集，
在2014年6月10日前（以郵戳為憑）
寄回【全套八集】的書後回函，
以及附上安利美特購書發票影本、
或是於回函上加蓋安利美特店章，
就能獲得知名插畫家Riv繪製的
「現代魔法師超萌毛巾」一條，
準備與泳裝萌妹子一起清涼一夏吧！

備註：
1.可以等收集完八集的回函與發票或店章後，
再於2014年6月10日前寄回。
2.主辦單位有權更改活動規則。

飛小說系列072

少女騎士04

少女騎士の深海人魚輓歌

出版者■典藏閣
作　者■夏澤川　　繪　者■MO子
總編輯■歐綾纖
製作團隊■不思議工作室　　代理出版社■廣東夢之星文化

郵撥帳號■50017206 采舍國際有限公司（郵撥購買，請另付一成郵資）
台灣出版中心■新北市中和區中山路2段366巷10號10樓
電　話■(02)2248-7896　　傳　真■(02)2248-7758
物流中心■新北市中和區中山路2段366巷10號3樓
電　話■(02)8245-8786　　傳　真■(02)8245-8718
ISBN■978-986-271-413-3
出版日期■2013年11月

全球華文國際市場總代理／采舍國際
地　址■新北市中和區中山路2段366巷10號3樓
電　話■(02)8245-8786　　傳　真■(02)8245-8718

新絲路網路書店
地　址■新北市中和區中山路2段366巷10號10樓
網　址■www.silkbook.com
電　話■(02)8245-9896
傳　真■(02)8245-8819

☞您在什麼地方購買本書？☜

1. 便利商店（______市／縣）：☐7-11　☐全家　☐萊爾富　☐其他__________

2. 網路書店：☐新絲路　☐博客來　☐金石堂　☐其他__________

3. 書店（______市／縣）：☐金石堂　☐誠品　☐安利美特animate　☐其他______

姓名：________ 地址：______________________________

聯絡電話：____________ 電子郵箱：______________________

您的性別：☐男　☐女　　您的生日：西元______年______月______日

（請務必填妥基本資料，以利贈品寄送）

您的職業：☐上班族　☐學生　☐服務業　☐軍警公教　☐資訊業　☐娛樂相關產業　☐自由業　☐其他__________

您的學歷：☐高中（含高中以下）　☐專科、大學　☐研究所以上

☞購買前☜

您從何處得知本書：☐逛書店　☐網路廣告（網站：__________）　☐親友介紹

（可複選）　☐出版書訊　☐銷售人員推薦　☐其他______________

本書吸引您的原因：☐書名很好　☐封面精美　☐書腰文字　☐封底文字　☐欣賞作家

（可複選）　☐喜歡畫家　☐價格合理　☐題材有趣　☐廣告印象深刻

☐其他______________

☞購買後☜

您滿意的部份：☐書名　☐封面　☐故事內容　☐版面編排　☐價格　☐贈品

（可複選）　☐其他

不滿意的部份：☐書名　☐封面　☐故事內容　☐版面編排　☐價格　☐贈品

（可複選）　☐其他

您對本書以及典藏閣的建議______________________________

____

____

✌未來您是否願意收到相關書訊？☐是　☐否

✎感謝您寶貴的意見✎

印刷品

$3.5
請貼
3.5元
郵票
不思議信箱
FUSIGI POST

235 新北市中和區中山路二段366巷10號10樓

華文網出版集團　收

（典藏閣－不思議工作室）

少女騎士の深海人魚輓歌 03

夏澤川 著

MO子 繪